溺愛カフェとひつじくん

CROSS NOVELS

秀 香穂里

NOVEL:Kaori Shu

yoshi

ILLUST:yoshi

CROSS NOVELS

CONTENTS

CROSS NOVELS

CONTENTS

CROSS NOVELS

溺愛カフェとひつじくん

Illust yoshi

秀香穂里

ぐるるるるる。

ぎゅるるるるるるる。

「ううう……」

世にも情けない声が漏《も》れ出て、地元の駅前でフライヤー配りを終えた成宮陽斗《なるみやはると》は腹を押さえる。

昨日の夜から水以外なにも取っていないから、身体はふらふら横に揺れてしまうし、視界も妙に眩《まぶ》しい。七月の陽射しが瞼《まぶた》を閉じても身体の中を焼き尽くすようでつらい。

とにかく日陰に行こう。なにか食べたい。飲みたい。せめて冷たい水でも。

ジーンズのポケットに手を入れるけれど、出てきたのは百円玉三枚と十円玉が二枚。三百二十円で今週一杯を過ごさなければいけないのだから、いまの陽斗にとってはミネラルウォーター一本ですら高嶺《たかね》の花だ。

冷房の効《き》いたコンビニを横目で睨《にら》み付けながら、陽斗は涼しい横道を探してうろうろ歩く。今日の最高気温は三十二度。梅雨《つゆ》の晴れ間でからりとしているからまだ助かるが、どこかでなにか食べないとほんとうに倒れそうだ。

グギュルルルルルル。

今度こそ本気で胃が怒るように鳴ったことで陽斗は眉《まゆ》を下げ、深いため息をついてそばのビルの壁に手をついた。

「あー……」

腹が減った。ほんとうに腹が減って減ってどうしようもない。いますぐどこかで強盗でもして食べ物を奪いたいぐらいだ。どうしよう、コンビニに頼み込んで廃棄処分になる弁当を譲ってもらうか。それとも顔馴染みの定食屋に駆け込んで、来週金を払うからと土下座してランチを食べさせてもらうか。

……肉。肉が食いたい。たらふく食いたい。いまなら熱々のハンバーグがいい。肉汁たっぷりでチーズか目玉焼きを載っけてくれたら最高だ。ライスは大盛りで、汁物はコンソメでも味噌汁でもどっちでも。とにかく肉とごはんを腹一杯食べたい。

くらりとする目眩《めまい》を覚えながら一歩、二歩とよろめき、力尽きたところで道路の脇にしゃがみ込んだ時だった。

「……どうしたの？」

やわらかで、困ったような声がどこかから聞こえてくる。

心配そうな声にのろのろと顔を上げると、まだ幼い男の子が真っ白なTシャツと紺の半ズボンを穿《は》いて立っていた。

まんまるの瞳に、くるくる巻き毛の茶色の髪が光を弾いて輝いている。天使だ。天使が現れた。あまりの空腹に幻でも見ているんじゃないだろうか。その腕や膝《ひざ》がぷくぷく丸くてやたら美味《おい》しそうでごくりと息を呑《の》み、ハッと我に返った陽斗は「……ごめん」と言いながら立ち上がろうとした。この暑さと強烈な空腹のコンボで、よからぬことを考えてしまいそうだ。

目の前の子をかっ攫《さら》って頭からむしゃむしゃバリバリごっくん。嘘。うそうそ冗談。そういう趣味は自分にはない。芝居の中の出来事なら完璧に演じるつもりだけど。

突然、ぐらっと視界が揺れる。いけない、貧血だ。

こんなところで無様に倒れて怪我するわけにはいかない。

それでも力が入らなくて、壁に縋《すが》ると、今度はボロボロのスニーカーの先が地面に引っかかって前のめりになってしまった。

「あ……っ！」

だめだ、転ぶ。目の前の天使を巻き添えにして転んでしまう。

「――危ない！」

咄嗟《とっさ》に誰かに背後から腕を摑まれて、うしろに引き戻された。誰？　なに？　なにが起こったんだ？　頭の中一杯にクエスチョンマークが浮かぶのと同時に、逞《たくま》しい胸に抱かれ、「大丈夫か」と低くやさしそうな声が耳元で聞こえてきた。

力なく振り仰ぐと、逆光の中、背の高い男が笑いかけていた。

「どうしたんだ、体調がよくないのか？　だったら――」

その包容力に溢《あふ》れた声に安堵《あんど》するあまり、陽斗はほんとうに――ほんとうに情けないことにふっと意識を手放してしまった。空腹と疲労がいっぺんに襲ってきたようだ。

夏の綺麗な光が溢れる街の片隅、見知らぬ男の腕の中で。

「ふぁ……」

鼻先をくすぐるいい匂《にお》いで目が覚めた。ふんわり漂う匂いは、間違いない、絶対、肉だ。

夢なら起きたくない。このまま肉の匂いを嗅《か》いで嗅いで嗅ぎまくって、あーんと口を開く寸前まで夢を見ていたい。けれど、ゆさゆさと身体を揺さぶられて、陽斗は渋々目を開く。

視界に最初に飛び込んできたのは、まぁるく明るい茶色の目だ。まるで、ちっちゃな仔犬みたいなきらきらした宝石みたいな瞳。

「あ」

「あ……?」

「おきた、けんちゃん。おきたよ!」

跳ねるような可愛らしい声に瞼を擦《こす》り、半身を起こしてあたりを見回す。ここは、どこだろう。

古びた民家のようだが、綺麗にリノベーションされている。

天井が高く、緑がそこかしこに美しく飾られていた。自分の頭の下を見ると、ふかふかのクッションが敷かれている。

そして、店の至るところに飾られた、ひつじ、ひつじ、ひつじのグッズ。編みぐるみもあるし、クッションもひつじ型だし、天井から下がるモビールもひつじと星だ。壁にはひつじの可愛いイラスト。

「ここは……」

どうやら、ベンチのような場所に寝かされていたようだ。椅子部分にもやわらかなシートが敷かれていたので、身体が痛いということはなかった。むしろ、自宅の煎餅布団《せんべいぶとん》よりずっと快適だったぐらいだ。

「ああ、目が覚めたんだね。よかった。身体は大丈夫？　なにか飲もうか」

覚えのない声が響く方向に首をめぐらせると、逞しい肢体の男が腰に手を当ててにこにこしていた。

「はい……」

「ふふ、まだちょっとくらくらしているみたいだね。じゃ、これ。うちの特製グレープフルーツジュースだよ」

「すっごく、すっごく、おいしいよ」

さっきの子が興味津々《きようみしんしん》にのぞき込んでくる、身体を起こした陽斗はともあれ差し出されたグラスを受け取り、ストローに口をつける。

途端に身体の中がふわっと弾けて目覚めるような、程よい酸味とやわらかな苦味が口腔《こうくう》内に広がり、思わず目を瞠《みは》った。

「美味しい……！」

「だろ？　お腹も空いてない？　なんでも作れるけど、いますぐ出すならハンバーグかな」

「ハンバーグ！」

まだ状況がぜんぜん摑めていないのに、彼の言葉に意地汚く食いついてしまう。いやもう本気で腹が減っているのだ。子どもがびっくりした顔で陽斗の膝に手を置く。ちっちゃくて、思わず触れたくなるほどの可愛い手。手の甲にはえくぼが浮かんでいる。

「おなか、すいてるの？」

「空《す》いてる。きみをバクバク食べちゃいたいぐらい」

「やだぁ、ふふっ、ひつじくんたべたいの？」

ひと懐こい子らしく、陽斗の膝にぐりぐりと頭を押しつけてきた。

「ひつじくん……？　って、きみの名前？」

「そう、ひつじくん」

「羊介《ようすけ》という名前で、ひつじっていうのはあだ名なんだ。うちの店の名前にもなってる」

「店……」

「ひつじカフェっていう店名。裏通りにあるからあまり目立たないよな」

男は微笑み、黒のカフェエプロンの前を軽くはたく。どうやら彼がオーナー店長のようだ。名前はなんて言うのだろう。いや、まずこっちから名乗って礼を言わなければ。あれこれ戸惑う陽斗の前に、ふわっと湯気を立てたハンバーグが置かれた。なんと目玉焼き付きだ。

「あ……あ……」

しかもライスは大盛り。グリーンサラダにかぐわしいオニオンスープもある。ご丁寧にパセリとクルトンまで浮いている。

「あの、これ、あの」

「まずは食べてくれ。温かいうちにね」

「……は、はい、頂きます！」

いまは事情を聞くよりも、名乗るよりも先に、このハンバーグだ。

ありがたくパンッと両手を合わせ、いざフォークとナイフを持って出陣だ。大きめのハンバーグをナイフで切り分けると、じゅわっと香ばしい肉汁が漏れる。

「うあぁぁぁ……」

なんという極楽。もう夢を見ているとしか思えない。男の子がそばで目を輝かせながら見守っている中、陽斗はばくっとハンバーグにかぶりついた。

「お、嬉しいな」

「……美味しい……！」

「美味しい……ほんとに美味しい……ううう」

みっともないと思いつつもがっついてしまう。ジューシーでちょうどよく焦《こ》げ目がついたハンバーグをあっという間に平らげてしまう。付け合わせのニンジンのグラッセやブロッコリーも。トマトがアクセントのグリーンサラダは新鮮で、身体中に染み渡る味だ。酸味の利《き》いたサウザンドアイランドドレッシングがまた美味で、トマトの甘みをよりよく引き立てている。

「ん、これ、クルミですか？」

「そう。ナッツを入れるのも好きなんだけど、たまにクルミを使うんだ。美味しいよな」

「はい！」

ペロッとハンバーグを食べ終えてしまった陽斗はスープの残りでライスを食べようとすると、

「もう一枚食べるか？」と訊《き》かれた。

「いいんですか？」

「もちろん。きみぐらい美味しそうに食べてもらえたら俺も嬉しい」

男はにこにこしながら前もって用意してくれていたらしいハンバーグを温め、皿に載せてくれた。

「けんちゃんのはんばーぐ、おいしいよねえ」

「美味しいねえ」

にこにこする子どもに釣られて頬を緩めた。久しぶりの肉、久しぶりすぎるまともな食事。二枚のハンバーグとライス、サラダ、スープを綺麗に食べ終え、はぁ、と満足げに腹をさすっていると、男がトレイになにかを載せて近づいてくる。

「食後のコーヒーとデザートだ」

「そ、そんな、申し訳ないです……あ、パフェだ……！」

思わず声が弾んでしまうのが恥ずかしいけれど仕方ない。切り詰めた生活の中で、甘味とはまったくの無縁だったからだ。

テーブルに置かれたグラスには、バナナと生クリーム、アイスが丸く形よく盛られ、チョコレートがかかっている。

たったいまお腹一杯になったと思ったばかりなのに、コーヒーとこの三角錐型《さんかくすい》のデザートには抗《あらが》えない。

「い、頂いてもいいんでしょうか」

「どうぞどうぞ。うちのパフェは美味しいぞ」

男に言われて、柄の長いスプーンを持つ。まずは、綺麗にスライスされたバナナ。甘く蕩《とろ》けて、じわんとしてしまう。次にアイスクリーム。ハンバーグの後味を消してしまうのは勿体《もったい》ないけれど、想像以上に美味しい。冷たくてぞくぞくしてしまう。そして、ふんわり生クリームも。その下はコーンフレークかと思ったら、細かく砕いたパイ生地だったので、「ん！」と声を上げた。

「これ、美味しいです！　コーンフレークじゃないんだ……」

「パイ生地のほうがしっくり生クリームと馴染むんだよな。うまく生地が焼けると俺も気分がいいんだ」

彼の言うとおり、さくさくしつつもどこかしっとりしているパイ生地は生クリームやアイスクリームとよく合う。美味しいうえに、腹持ちもしそうだ。

「これもあなたが作ってるんですか？」

「もちろん」

そんなぁ。神様は不公平だ。だって見上げるほど背が高くて、体格もがっしりとしている。腰が高い位置にあるので、足がほんとうに長いのだろう。よく見るとどんでもなく男らしいハンサムだ。きりっと斜めに上がった眉が格好いいし、目元は涼やかで、鼻梁《びりょう》も通っている。なにより、くちびるの形がいい。下くちびるが少し厚めなのがセクシャルな魅力で、ついつい見とれてしまう。

「どうした？　アイス溶けちゃうぞ？」

「あ、……あ、はい」

「とけちゃうぞ？」

いつの間にか陽斗の隣に座っていた男の子も真似するので、「……ひつじくん？」と試しに呼んでみると、「うん」と嬉しそうに頷《うなず》かれた。

「ひつじくんもね、このぱふぇだいすきなんだ」

「そうなんだ。わかるよ〜。めちゃくちゃ美味しいもんね。ひつじくんはどんなパフェが好き？」

「いちごのぱふぇ！」

元気な声が微笑ましい。くすくす笑いながらコーヒーを一口。これもふくよかな味わいで甘いパフェのいいお供だ。

全速力で食べ終え、パフェの最後の一口を頬張った陽斗は、今度こそ深々と頭を下げ、「ごちそうさまでした」としみじみ礼を告げる。

「ほんとうに……ほんとうに美味しいごはんでした。いままで生きてきた中で一番美味しいごはんでした」

「そんな、これぐらいいつでもごちそうするよ」

「あ、あの、それで……お代、は……」

有り金三百二十円しかない身としてはこの後皿洗いと店掃除を申し出るぐらいしかないのだが、一応訊くだけ訊いてみた。

「すみません、俺、じつはすごくびんぼうで……お金、ほとんどなくて」

「いや、金はいらない。最初からごちそうするつもりだったからさ」

「えっ？」

そんなうまい話があっていいのか。

いや、よくない。

もしかして、ひょっとして、この男はにこにこしておきながら美味しい食事で若い男を誘い攫って、どこかに売り飛ばすつもりじゃないだろうか。

臓器の密売人とか、秘密の試薬を治験する献体を探しているとか。

もともと想像力は売るほどありあまっているので、ひくんと頬《ほほ》を引き攣《つ》らせると、男は焦《あせ》って、

「いやいやいや」と取りなしてくる。

そして、陽斗を落ち着かせるように正面に腰かけ、うん、と一つ頷いた。

「ひつじが気に入った相手だから、ごちそうしたかったんだ。美味しかったか？」

「ハチャメチャに美味しかったです」

「それはよかった。ところで、名前を訊いてもいいかな？」

あ、いけない、こっちから名乗ろうと思っていたのに。

慌《あわ》てて陽斗はぺこりとお辞儀し、「成宮陽斗です」と言う。

「助けてくださってほんとうにありがとうございます。何度お礼を言っても言い足りません。あなたは命の恩人です」

「いやいやそんな、困った時はお互い様だよ。陽斗くんか。いくつなんだろう」

「二十一歳です」

「おお、若いな」

そういう彼はいったい？　と思っていると、男は楽しそうに頬杖をつく。白の七分袖《しちぶそで》のシャツからのぞく腕に逞しい筋が入っていて、柔和な表情だがやけに雄《おす》っぽい。

「俺は大野賢一郎《おおのけんいちろう》。三十三歳のおじさんだ」

「おじさんなんてぜんぜんそんな、めちゃくちゃ格好いいし若いし」

つい思ったことを口にすると、賢一郎は可笑《おか》しそうに肩を揺らす。

「きみと一回りも違うんだよ。おじさんおじさん。な、ひつじ」

「けんちゃんは、けんちゃん」

ひつじくんの声がなんとも可愛らしくて、知らず知らずのうちに陽斗は微笑んでいた。

「……ひつじくんは、いくつ？」

馴れ馴れしいだろうかと思ったのだけれど、賢一郎は穏やかにしているし、ひつじくんに至っては陽斗にちいさな身体を擦り寄せてくる。

「みっつ。このあいだね、みっつになった」

「そうなんだ。大きくなったんだね」

「うん！　あのね、おみせのおてつだいもできるし、けんちゃんのー、せなかもあらえる」

「お店のお手伝い？　どんなことするの？」

「おみず、はこんだりとか」

「店が空いている時はお客さんへゆっくり水を運んでもらうんだ。いわば、看板息子というところかな」

「そうなんですね」

言われてみて改めて店の中をぐるりと見回す。随分と築年数は経っているようだが、柱はしっかり太いし、いい色合いに染まっている。繊細なレースのカーテンがかかった古いガラス窓はあえて残したのだろう。

波打つガラスの表面は雰囲気がよくて、古民家カフェの効果的なスパイスだ。店内はテーブルが三つ、カウンターにも数人座れるようだが、十二、三人も入れば一杯になる感じだ。陽斗は、テーブル席のベンチに寝かされていたというわけだった。天井から垂れ下がるランプも古びていて趣《おもむき》がある。

「いいですねぇ……こんなお店、あったんですね。ずっとこのへんに住んでいたのに気づいてませんでした」

「昨年の暮れにやっとオープンしたばかりだからね。まだまだ新入りだよ」

ひつじくんは陽斗の隣を離れ、賢一郎の膝によじ登り、太い腕の中から安堵したような顔をのぞかせている。

「あの……」

ここで目を覚ました時からずっと気になっていたことを、陽斗は口にしてみた。

「お父さんとお子さん、ですか……?」

「そう見えるかな?」

賢一郎とひつじくんは目を合わせ、ふふっと笑い合っている。先に、ひつじくんが答えを教えてくれた。

「あのね、けんちゃんは、ひつじくんのね、おじさん」

「おじさん……」

「ひつじは、俺の姉の子なんだ。昨年、病気で亡くなってしまったんだけどね」

「あ、……すみません、プライベートなことをお訊きしてしまって」

三歳のひつじくんの母だったらまだ若かったことだろう。だが、ひつじくんは案に相違して落ち着いた顔で賢一郎にゆったり身体を預けている。

「気にしないで。元々身体が弱いひとだったんだ。ひつじを産むのも命懸けだったしね。少しの間だけでもこの子のそばにいられたのは幸せだったと思う……。で、姉が入院したのをきっかけに俺が引き取ったんだけど、サラリーマンをしながら育児はなかなか難しくてさ。思い切って脱サラをしてこの店を開いたんだ」

「すごい……大決断をされたんですね」

「うん、まあいずれはと思っていたからコツコツ貯金はしていたんだよ」

一回り年上ということもあるが、賢一郎の大人らしい男の振る舞いは幼いひつじくんを守ろうとする気概から来ているようだ。同性から見てもなんとも頼もしい。

未来なんかまったく見えてなくて、地に足がついていなくて、ただただ毎日焦っている自分とは大違いだ。己を恥じていると、「そういうきみは？」と賢一郎が訊《たず》ねてくる。

「どうしてあそこまで空腹だったのかな？　このへんに住んでるの？　学生さんかな？」

どこかわくわくした声で賢一郎に訊かれて、どれから答えようかと一瞬戸惑う。すると、ひつじくんが賢一郎を振り仰ぎ、「だめ」とぷくっとした赤いくちびるを尖《とが》らせる。

「けんちゃん、いっぱいきいたらだめ。いっこずつ」

「ああ、ごめんごめん。気になっちゃってさ、つい。じゃあ、なにから訊く？」

「ちかく、すんでるの？」

ひつじくんが身を乗り出してきたので、陽斗はコーヒーカップを両手で包み込み、「そうなんだ」と頷く。

「駅の反対側なんだけど、ここから歩いて十五分ぐらいかな。結構ご近所さんだと思います」

「そうだったんだね。お腹、ぺこぺこだった？」

賢一郎に問われると耳が熱くなるが、さっき見せたがっつきぶりでは嘘もつけない。

「お恥ずかしながら……昨日から水しか飲んでなくて」

「それは大変だったね。もっと早くきみを見つければよかった」

ほんとうに心配そうに言われたので照れくさくなってしまう。

「まだ食べられそう？　もっとなにか出そうか」

「いえいえ、もういまはお腹一杯です。ほんとうにありがとうございます」

捨てる神あれば拾う神あり、とはよくいったものだ。ついさっきまでは夏の太陽に灼《や》かれて死ぬ死ぬほんとうに死んでしまう、このままアスファルトに倒れ込んでしまうと呻《うめ》いていたぐらいなのに。いまは冷房の効いたカフェで心も身体も満たされて、圧倒的な至福感に包まれている。

「重ね重ねありがとうございます。あの、お礼代わりになにかさせてください。お代を払わないままなのはさすがに申し訳ないです」

「いいんだよ、べつに。誰だって苦しい時は助け合わないとさ」

賢一郎の懐の広さを感じさせるような言葉にほろりと来てしまう。街角で困っているひとを見かけたとしても、自分はここまで親切にしてあげられるだろうか。年配の方や妊婦さんに電車やバスの席を譲ったり、道案内したりというぐらいがせいぜいだろう。ひもじいひとを見つけて、温かいごはんを食べさせてくれるなんて神様としか思えない。

それもこれも、真正面から手を伸ばしてくるひつじくんが声をかけてくれたおかげだ。

「ひつじくん、ほんとうにありがとう」

心を込めて礼を言うと、ひつじくんは嬉しそうに身をよじる。その手をそっと摑み、大人がするみたいに軽く握手をする。

「きみのおかげで助かりました。ひつじくんは俺の恩人です」

「おんじん？　て、なに？」

賢一郎にひつじくんが訊ねている。賢一郎はやわらかな表情を崩さず、ひつじくんのくるくるした髪を指に巻き付けていた。

「やさしいひと、ってことだよ。ひつじはやさしい子なんだって」

「ほんと？　ひつじくん、いいこにできた？」

「できたできた。今日はひつじが大好きな海老《えび》グラタンを作ってあげるな」

「やったぁ！　あれだいすき！」

両手を上げて喜んでいるひつじくんの好物は海老グラタンらしい。ほんとうに仲のいい二人だ。自分にもしも兄がいたらこんな感じだろうか。陽斗には気の強い姉がいるだけなので、男兄弟の恩恵があまりわからない。

「そうだった、話の途中だった。陽斗くんは学生さんかな？」

「あ、……いえ、あの、フリーター……です」

半分だけほんとうのことを明かす。あとの半分を打ち明けるのはまだ少し恥ずかしいというか、照れくささがある、知り合ったばかりの大人の男に、ふわふわした己の身元を明かすのがいささか情けないというかなんというか。

何事にも正面からぶつかっていく自分らしくもなくもじもじしていると、賢一郎はお代わりのコーヒーを淹れてくれた。

「あ、あ、そういや俺、お邪魔じゃありませんか？　お客さんいらっしゃるだろうし」

「いや、ちょうどさっきランチタイムが終わって休憩時間なんだ。いつもそう、この時間帯はお客さんがいない。だからゆっくりしていって」

そう言われると余計に申し訳なさが募るので、とにかくコーヒーをありがたく飲み、せめて皿洗いをしたいと申し出た。

「お手伝いさせてください。掃除でもなんでもします」

「ほんとうにいいのに。俺の手料理なんかでお腹一杯になってくれたんなら、それが一番嬉しいよ」

神様か。ほんとうに神様だ。あまりにありがたくてお賽銭《さいせん》を投げて拝んでしまいそうだ……。

やっぱりとことん恩返ししなくては。

故郷を出る時に、家族に『他人様には迷惑をかけないこと。助けてもらったらかならず恩を返すこと』と固く約束させられたのだ。

率先して皿を重ね、賢一郎が教えてくれたとおりにカウンターの中へと入り、流し台に置く。

「お言葉に甘えてお願いしちゃおうかな」

「では、ありがたく洗わせて頂きます」

隣に賢一郎が立ち、陽斗が次々に洗っていく食器やフォーク、ナイフを受け取って清潔な布巾《ふきん》で拭いていく。

「もしかして、こういうバイトしてた？　手つきが慣れてるな」

「高校時代にファミレスのバイトしてました。皿洗い、好きなんですよ。汚れ物はどんどん洗っちゃいます」

「いいなぁ。俺は作るのは大好きなんだけど、後片付けが苦手でね。ピーク時は結構溜めちゃうんだよ」

「大野――さんがお一人で切り盛りしてるんですか？」

「賢一郎でいいよ。みんなにそう呼ばれてるし。俺一人でやってる。ちいさな店だし、なんとかやれてるけど……ちょっと最近忙しくなってきたかな」

確かに。一人で切り盛りするには少々忙しそうだ。オーダーを取ったり皿を運んだり、後片付けまで考えたら目も回るほど大変なはずだ。

ひつじくんがもう少し大きかったら皿を運んだり下げたりできるだろうが、三つだとゆっくりゆっくりお水を運ぶのが精一杯だろう。でも、あんなに可愛い天使が懸命にお水を持ってきてくれたら誰だって笑顔になってしまうに違いない。

心を込めて皿を洗い終え、陽斗はさりげない感じで言った。

「俺でよければいつでも無償でお手伝いしますから、呼んでください。いまはスーパーのバイトをしていて、空いてる日もあるんで」

「え、ほんとうに？　いいの？　俺に社交辞令は通用しないよ？」

「そんな、俺だって恩返しがしたいです。今日助けてもらったことは一生忘れません。この間までは金曜土曜もコンビニでバイトしてたんですけど、そこ、閉店しちゃって。身体空いてるんですよ」

気を失うほどの空腹から救ってくれた賢一郎とひつじくんには、もっともっとなにかお礼がしたい。

「じゃあ、早速お願いしちゃおうかな。明日よかったら十一時頃から十五時頃ってどうだろう？　金曜日のランチは一週間の中で一番混むんだよ。うちは十一時半から十九時半までの営業なんだ。途中、ひつじの世話で一瞬店を閉める時間帯もあるけどね」

すぐに陽斗はジーンズのヒップポケットからスマホを取り出し、スケジュールをチェックする。いつも行っているスーパーのバイトは月曜から木曜の朝から夕方だ。金曜から日曜まではいまのところ自分のために使う時間だから幸い空いている。

〈稽古〉はいつも夕方以降に行われるし、大丈夫、これならひつじカフェを手伝える。明日は非常に大事な〈オーディション〉が待っているのだが、昼に目一杯働いておいたほうが余分な力が抜けていいだろう。いつも無駄に緊張してしまって力んでしまうほうだし。

「もちろん来ます、大丈夫です。俺でよければバリバリこき使ってやってください」

「ありがとう。ちゃんとバイト代とまかないを出すから」

「いえいえいえ、とんでもない。まかないだけでもほんとうに嬉しいので気にしないでください。

助けてもらったのは俺のほうですよ」

「でも……」

困ったように笑う賢一郎は濡れた手を清潔なタオルで丁寧に拭き、すっと正面に立つと、陽斗の髪をくしゃくしゃと撫《な》でてきた。

あまりに突然のことでびっくりしてしまうが、なんとも心地《ここち》好い感覚だ。

「きみはいいひとだね。ひつじが見つけてくれただけある」

「あ、あの……こちらこそ」

年上の男に頭を撫でられてくすぐったい。顔を真っ赤にすると、賢一郎もパッと手を離し、「ごめんごめん」と苦笑いする。

「ひつじによくやるから、癖になっちゃってるんだよね。ごめん、気を悪くした？」

「いえ！　う……嬉しかったです」

ほんとうのことなので。もっとしてほしかったぐらいだし。

正直なところ、ちょっとドキドキしてしまったし。

骨っぽい手が離れてしまってなんだか物足りないと思ってしまう。

「でも、まかないだけで働いてもらうのはさすがに悪いな。ちょっとだけでも受け取ってくれないか？」

「いえ、そこはもう……もうほんとうにお構いなく。明日だけじゃなくて他でも手伝える日があったら呼んでほしいです」

「うーん……」

腕組みをしている賢一郎は考え事をしている。ただ働きをさせるのが嫌なのだろうか。こっちは美味しいまかない――一食を確保できるだけですでに大満足なのだけど。

「あ、じゃあ、ええと、みっちり働いたら……」

「うん？」

「また、頭くしゃくしゃってしてもらっていいですか？」

「そんなのでいいの？　一杯くしゃくしゃしちゃうけど」

途端に顔をほころばせた賢一郎が、きらっと悪戯《いたずら》っぽく目を輝かせ、ひつじくんがいるほうを見やる。ひつじくんはこちらに背中を向けていて、店内に置かれたラックから絵本を引き抜いて熱心に読んでいるようだ。

「じゃあ、たとえば……こういうのは……どう？」

言うなり賢一郎は身をかがめ、腕を摑んできて、陽斗に頰を擦りつけてくる。

甘く、やさしい感触にぶわっと体温が上がった。身じろぎする間もなく、素早く、鼻先を擦り付けられた。まるで、仔犬の挨拶《あいさつ》みたいに。くすぐったいと感じる暇もなく、ただほんのりとした熱だけが移されてぼうっとしてしまう。

「あ……、あの」

思わず目を瞠ってしまった。

いまのは、いったいなんだったのか。冗談なのかそうじゃないのか、急速に煮えたぎっていく意識では判別がつかない。摑まれている二の腕が熱くて熱くてたまらない。そこに、炎を埋め込まれたみたいだ。

「け、賢一郎、さん……!」

「あ」

賢一郎もなぜかびっくりしている。自分のしたことにいまさら気づいたような顔で、「ご、ごめん」と謝りながら身を引いた。

「ご、ご、ごめん、なんかきみが可愛くて、つい」

可愛いって、なにそれ。なんなんだそれ。

つい、って、男同士でつい鼻先を擦り合わせたりするものなのか。自分を納得させようとすればするほど混乱してしまって、どういう顔をしていいかわからない。

「ええと、いまのはほんとうにごめん。やりすぎた。あ、でも、触りたかったのは嘘じゃない」

賢一郎も焦っているのか、声が少し上擦《うわず》っている。

びっくりしすぎて声が出ない陽斗から手を離し、賢一郎は目と鼻の先で笑う。悪い男、なんだろうか。いいように遊ばれているのだろうか。

お互いに男同士なのに、意味深に触れ合ってどうするというのだ。

度胸があって夢を叶えるために故郷からひとり飛び出してきた陽斗だが、こういう艶事にはめっぽう弱い。

どうしても実現したい夢があるからそれだけにがむしゃらになり、恋愛沙汰にはとんと疎《うと》いのだ。

ぱあっと顔を赤くしてうろたえ、一歩、二歩、とずり下がる。

「あ、あの、……俺、……俺」

「はるちゃん、どうしたの」

はるちゃん？

自分をそんなふうに呼んでくれるのは、この場ではひつじくんだけだろう。急いで賢一郎とともに振り返ると、いつの間にか真うしろにひつじくんが絵本を抱えて立っていた。いつまで経ってもカウンターの中から出てこない二人を不思議がっている顔だ。

「どうしたの？　なんではあはあしてるの？」

「い、いや、あの、ちょっとドキドキして、っていうかいやそうじゃなくて――……ご、ご、ごめん、なさい！　またちゃんと明日来ます！　明日十一時に来ます！　今日は……ありがとうございました！」

「は、陽斗くん！」

「はるちゃん！」

追いかけてくる賢一郎とひつじくんの声を振り切って、陽斗はくるりと背中を向けると脱兎《だっと》のごとく店を駆け出た。

鼻先だけど、触れ合った。触れ合ってしまった。熱を移された。

こりっとした形のいい鼻の頭が触れたなとそこをひと差し指で知らず知らずのうちに押さえてしまう。

外は容赦ない夏の午後の陽射しが照りつけているが、いまの陽斗は賢一郎のキスのことで頭が一杯だった。

正真正銘、初めての他人との接触だったのだ。


結局その晩は悶々《もんもん》としてよく眠れず、重い頭で翌日の朝を迎えた。

ぐるるるると腹が元気よく鳴っているが、昨日ほどのつらさではない。ひつじカフェでたらふく食べさせてもらえたからだろう。

陽斗は起き出し、ぺたんこになった煎餅布団を窓の外に出す。今日も快晴。布団を干すにはぴったりの日だ。

ここは東京中野《とうきようなかの》の片隅にある築四十年を過ぎた古アパートの一室だ。

高校を卒業したのち故郷の福岡《ふくおか》から単身上京してきて以来、陽斗が暮らしている部屋は六畳一間で、台所は笑ってしまうほどちいさくて狭い。

それでも、風呂とトイレがついているのはありがたい。これで家賃五万円なのだから、人気の土地、中野の物件としては破格の部類だろう。ただもう本気でボロいので、いつ取り壊しになってもおかしくない。

大家から「新しく建て直すから出てってよ」と言われる日を恐れつつ、ともかく顔を洗い、ザッとシャワーを浴びて広くない部屋を簡単に掃除し、軽くストレッチ運動を始めた。ここで発声練習もじつはできる。ボロアパートなので、両隣と上は空き部屋なのだ。

「あ、え、い、う、え、お、あ、お」

ぴしりと背を伸ばし凜《りん》とした声を発する。レッスン場ではないのでそう大声は出せないが、今日もまあまあ調子がいい。身体もやわらかく動いてくれるし、屈伸や腹筋運動は軽々できる。

ただ、鼻の頭だけがやけに熱を帯びていた。

――昨日から。

昨日、賢一郎に接触された時からそこは不思議なほど温かくて、ひと差し指で触れるとぴりりと痺《しび》れる。甘くて、切ないようななんともいえない痺れだ。

悪戯な触れ合いは、賢一郎にはよくあることなのだろうか。

つかの間ぼうっと鼻を押さえていたが、ぶるぶると頭を振ってもう一度発声練習に努める。

陽斗は、中野に本拠を構える小劇団「北極星《ほっきょくせい》」の団員だ。

自分たちで劇場を持てるほど大規模の劇団ではないので、狭いレッスン場と事務所を兼ねたとあるビルの一室とはべつに、もっと大きな稽古場や芝居小屋をレンタルし、フリーターや会社員など掛け持ちで仕事をしている団員たちがあちこちから集まってくる。

「北極星」はちいさいながらも実力主義で、優れた演者も在籍しているので、固定ファンがついていた。いわゆる地下劇場で芝居を披露するのだけれど、公演中は地上から地下へ続く階段にずらりと人気演者へ贈られた花が並ぶほどだ。

そんな劇団に陽斗が入団できたのはついこの春のこと。十八歳の春から二十一歳になる寸前までは、もっとずっと小さな劇団に所属していた。しかし、その劇団こそ円熟した演技で魅《み》せる役者がそろっていたので、どの公演もだいたい満員御礼だった。

しかし、座長が思いがけない車の事故で他界してしまい、彼のカリスマ的な手腕でまとまっていた劇団はあえなく解散することになった。たった二年だったが、学ばせてもらえたことはたくさんあった。大人の役者が多かったので、若手の陽斗は可愛がられ、細かい仕事でもよく使ってもらえた。

アンサンブルキャストとして板に乗り、才能の煌《きら》めきを認められて三番手の役を務めることも増えてきていた。このまま順調にいけば準主役、そしていつかは主役——そう思っていたのだが。

運命はいつどんなふうに転がるかわからない。

前の劇団の口利きで「北極星」のオーディションを受け、実力や将来性も買われて見事受かったものの、身内の結束が強い集団なので、まだ誰ともそう親しくなれていない。次の公演は秋の終わりを予定していて、キャスティングは今日行われるオーディションですべて決まることになっている。

劇団というのは、よほどの大資本をバックに持つところではない限り、経営がカツカツだ。それでもまだ「北極星」は十日間ほどの公演のチケットが完売、千秋楽《せんしゅうらく》は立ち見も出るぐらいなのでやっていけるが、ギャラは微々たるものだ。

だから、陽斗はスーパーのバイトをし、たまに数日時間が取れると体力勝負の肉体労働に出て日銭を稼ぐこともある。五万円の家賃を払うぐらいなら都心を離れてもっと安いところを探す考えもあったのだが、いつ劇団に呼ばれるかわからないし、中野は小劇団が多く集まるところだ。日々、新鮮な芝居に触れていたいので、とにかく家賃が一番、食費は二番だ。

たまに、キャベツだけ、もやしだけというしょうもない日々が続く。肉はそう簡単に食べられないので、スーパーで安売りしている豆腐を買い込み、ステーキもどきを作ることもある。

しかし悲しいかな、まだ二十一歳の若さなので、つねに腹ぺこだ。

今日もひつじカフェで美味しいランチが食べられるだろうか。

そう考えたら、ぐぐぐぐぐ、と腹が鳴り出したので、急いで洗濯物をベランダに干し、布団を叩いて家を出ることにした。

まだ十時だが、軽く散歩しながら向かおう。中野駅のこっち側から向こう側にゆっくりと歩いていき、昨日来た場所まで足を運んだ。十時四十五分、横道にあるひつじカフェの様子を窺《うかが》うと、ちょうど入り口の扉が開いたところだった。

「あ、……おはようございます！」

元気に挨拶する陽斗に、清潔な白いTシャツとジーンズ姿の賢一郎が「やあ」と笑顔で手を上げた。

表へ店の立て看板を出しているところのようだ。

彼の顔を見ると昨日の鼻先での触れ合いを一瞬で思い出してしまって鼓動が早まる。いや、あれはほんの戯《たわむ》れだ。その証拠に賢一郎はべつに無理強いしなかったし、追ってこなかった。

あれは、冗談。うそうそ。ほんのジョーク。

「て、手伝いますね。これが今日のランチメニューですか?」

黒い立て看板には、「ポークピカタ」「白身魚のフライ」、そして「今日の秘密ランチ」、と白いマーカーペンで書かれている。どれも七百円にデザート、飲み物付きだ。ついでに、可愛いひつじのイラストも。それにしたって「今日の秘密ランチ」が気になりすぎる。

「ふふ、可愛いこのひつじ。賢一郎さんが描いたんですか」

「そうなんだ。店のイメージがわかりやすいようにって」

「お店の外、掃除しましょうか?」

「うん、お願いしようかな。ランチは十一時半スタートだからもう少しゆっくりしていて構わないよ」

彼からほうきとちりとりを受け取って、店の前を丁寧に掃除する。横道だからといっても、煙草《タバコ》の吸い殻や細かなゴミが落ちているものだ。それらを綺麗に集め、店内に入った。ゆったりしたジャズがかかる店の中は静かだ。

「あれ?　今日はひつじくんいないんですか」

「昼間は近くの保育園に行ってるんだ。ランチが終わったら一瞬だけ店を閉めて迎えに行くんだよ」

「なるほど」

三つの元気盛りなひつじくんが子どもらしく賑やかに遊んでいるところを想像すると、出会ったばかりの陽斗もにこにこしてしまう。

「あの、表の看板に書かれていた『秘密ランチ』ってなんですか」

「気になる？　なるよね。今日はちょっとピリ辛風味の一品が出るんだよ。あとでまかないで出そうか？」

「ぜひぜひ！」

昨日のハンバーグで賢一郎の腕が確かなことはわかっている。鼻キスの衝撃はいったん脇に置いておくとして、これは期待できそうだと胸を弾ませながら賢一郎から渡された紺色のカフェエプロンを身に着け、各テーブルを拭いていると、最初の客がやってきた。

「こんにちは、ポークピカタもらえますか？」

「僕は魚のフライにしようかな」

サラリーマンらしい二人連れを奥のテーブルに案内し、あらかじめ持参していたメモ帳をエプロンのポケットから取り出して書き付ける。

「ポークピカタ、フライ一つずつお願いします」

「了解。いいなぁ陽斗くん。即戦力として抜群だ」

「ファミレスで鍛えられましたからね」

手際よくランチを作り始める賢一郎を手伝い、サラダをボウルに盛り付ける。そのうち次々に客がやってきて、三十分ほどの間に店内はもう満員だ。外には丸椅子が三つ置かれ、順番に並んでもらうというシステムだ。

自分が知らなかっただけだが、ひつじカフェは人気のようだ。客はみんな楽しそうにランチを食べ、次の客のためにいそいそとテーブルを空けてくれる。そんな細やかな気遣いも、きっとマスターの賢一郎の性質によるものだろう。

「ごちそうさまでした。今日も美味しかったです」

「また来ますね」

「ありがとうございます！」

客のために深く頭を下げると、近くの会社勤めらしい女性たち三人が、「あなた、新しいバイトさん？」と訊いてきたので、「今日からお手伝いさせて頂いてます」と答えた。

ほんとうは恩返しのため。

――でも、ちょっとあの鼻先のキスが忘れられないからかも……。

ふと鼻の頭を指で押さえてしまう。まだそこに賢一郎の熱が残っている気がして。

彼のしたことには心臓が口から飛び出すほど驚いたけれど、なぜか嫌ではなかった。単純に動揺したのだ。

なぜ？　どうして、男同士なのに。

役者をやっているくせに、つまらない固定観念に縛られていると自戒する。

これが板の上だったら同性とのキスも、たとえ女装でも堂々とやりこなせる自信があるのに。

どうして素顔に戻るとキスぐらいで戸惑うのだろう。

「あのう、お会計を……」

べつの女性のかけ声に我に返って紙幣を受け取り、小銭を返し、「またいらしてください」と頭を下げた。

ひつじカフェは十一時半から十四時までひっきりなしに客が訪れた。長蛇の列というところまでではないが、外で待っている客は絶えない。

「大繁盛なんですね。いままでずっと一人でこなされていたんですか？」

「うん。自分一人でできない範囲のことはやるべきじゃないと思ってきたから。あと、ひつじもまだちいさいしね」

カウンターの中でせっせと料理を作っていく賢一郎から不満は微塵《みじん》も感じられない。

きっと、己、という器を心得ているのだろう。無理はしない、幼いひつじくんを守っていくためにも。だけど、日々を楽しんでいる節があちこちから窺える。三歳のひつじくんを見守るだけでも手がかかるだろうに、一つの店を切り盛りしているなんてよほど愛情深いという他ない。

このひとを、もっと知ってみたい。

知ることができたら。

役者として、人間観察は基本中の基本だ。

与えられた役に寄り添うために、自分の中の抽斗《ひきだし》はつねに一杯にしておきたい。

いいひと、悪いひと。平凡なひと、寂しいひと。さまざまな個性をこの中に取り込んで、役に反映させていきたいという思いがつねにある。

自然に湧《わ》き上がる感情で胸を温め、ランチタイム最後の客を送り出し、外に出していた看板を取り込んで扉に『休憩中』の札をかけた。中に戻ると、洗い物をしていた賢一郎が「おいで」と手招きしてきた。

「お疲れ様。初日なのにこき使ってごめん。お腹は減ってる?」

「減ってます減ってます。ぺっこぺこです」

「辛いものって好き?　苦手かな」

「大好物です」

「じゃあ、今日の秘密ランチにさらに魔法をかけてあげよう。そこに腰かけて」

そう言われて、陽斗はうきうきとエプロンを外し、手を洗う。それからカウンター席に腰かけ、椅子から腰を浮かして中をのぞき込む。賢一郎はフライパンでなにかを炒めているようで、いい匂いがたちまち漂う。

懸命に立ち働いていた時も美味しい匂いを嗅いでいたが、これはなんだか特別な予感がする。ひくひくと鼻先を蠢《うごめ》かすこと数分。

「はい、どうぞ」

カタン、と目の前に白い皿が置かれた。そこから立ち上る香り、湯気につい歓声を漏らしてしまう。細長いライスに豚らしい挽肉《ひきにく》と青唐辛子を炒めたものがたっぷり添えられている。その上に添えられたバジルの葉と大きな目玉焼き。

「うわ、いい匂い……！　これ、ガパオライス……でしたっけ？」

「そう、タイ料理の名物。青唐辛子を利かせているからお水もどんどんどうぞ」

「じゃ、じゃや、早速頂きますね」

物怖《ものお》じしないのが陽斗の長所だ。たまにとんでもない短所にもなるけれど。

スプーンとフォークで目玉焼きを突き崩すと、トロリと黄身が溢れ出た。陽斗の大好きな半熟だ。美味しそうな焦げ目がついた白身とかき混ぜて、固めに炊いたごはんの上にかける。待ちきれずに一口食べ、「……ん！」と目を瞠った。

「お、美味しいこれ……！　めっちゃくちゃ美味しい……」

「それはよかった！」

様子を見守っていた賢一郎がほっとした顔をする。

卵の豊かな風味と、濃いめに味付けされた豚挽肉とバジル、そして最高のアクセントになっているのが青唐辛子だ。ピリリと口内を刺激しつつもさっぱりした後味で、ついつい食べ進んでしまう。付け合わせのスープは鶏ガラのようだ。こちらも美味しいので、ごはんの合間に飲み、ベビーリーフとレタス、トマトのサラダもかき込む。

「これ、ほんとうのタイ米なんですね。細長い」

「そうなんだ。日本米だとどうしてもガパオライスらしい味が出なくて。具材と交ぜた時にいい感じに炊き上げるのも結構大変だったよ」

「じゃ、他のポークピカタや魚のフライの時に出しているのは日本米？　わざわざ分けて炊いてるんですか」

「ちょっと面倒だけど、それぐらいはきちんとやらないとね。お客さん相手に真剣に向き合うのが俺のポリシーだから」

その言葉で、まだ新しい範疇《はんちゅう》に入るひつじカフェにひとが次々訪れる理由がわかった気がする。

賢一郎はやさしいだけではなく、真面目なひとなのだ。

陽斗は、びんぼうだからこそ食べることの大切さをよく知っている。

一食二食ぐらいはなんとか我慢できるけれど、三食を抜いたらさすがに体力が落ちる。それに、もしありがたく食べられたとしても、インスタントラーメンやコンビニ弁当ばかりでは味気ない。栄養の偏りだって気になるし。

このガパオライスも外食の一つになるのだろうが、たったいま、賢一郎が見ている前で作ってくれたおかげで、素っ気ないどころか心がほっとする。

「はあ……今日も美味しかったです……」

昨日から同じことばっかり言ってるなと自分でも可笑しい。でも、ほんとうに空腹の時に愛情たっぷりの手料理を振る舞われたら、誰だって感激してしまうだろう。最後の米の一粒まで綺麗に食べ終え、水もすべて飲み干して陽斗は立ち上がろうとした。

「あ、待って待って。皿洗いならあとでまとめてやろう。アイスコーヒーを出すから、一緒にどうかな？　お互い、まだあまり知らない同士だしいろいろ話したいな」

「もちろん、喜んで」

なにかお手伝いできないかなとそわそわするのだが、賢一郎は鮮やかな手つきでアイスコーヒーを二人分淹れ、カウンターの中から出てきて陽斗の隣に腰かける。

それから、さりげなく右手を差し出してきた。

「改めまして、大野賢一郎です。しがないカフェの店主やってます、よろしく」

「こちらこそ。昨日、あともう少しで倒れそうなところを救って頂いた成宮陽斗です。二十一歳ですが、フリーターで……あと、……あと、ええと……」

どうしよう、役者の端くれであることを明かそうかどうしようか。だけど、若くして店を構えている賢一郎に、まだまだ発展途上中すぎる役者だということを打ち明けるのはさすがに恥ずかしい。

「そんなに綺麗なんだから、モデルさんとかやってるかと思った」

「え？　え？　俺が？　き、綺麗、ですか……いや、そんなぜんぜん」

闊達《かったつ》だとは思うが、お世辞にも自分を綺麗だと思ったことはない。ただ、メイク映えする顔だとは以前いた劇団のヘアメイクさんに言われたことがある。

『素材がいいんだと思うよ、陽斗は。普段からもっとヘアスタイルや服装に気遣えたらね』

ヘアカットは散髪代を浮かすためにできるだけ自分でやるし、難しい時は新人美容師のカットモデルになることもある。

洋服は基本、リサイクルショップで買う。流行を知ることは役者として大切なのでよく原宿《はらじゅく》や渋谷《しぶや》でウィンドウショッピングをするが、ほんとうにただただ眺めるだけだ。

「きみは自分が思っているよりもずっといい素材をしているよ」

賢一郎がやさしい声で言ってくれたので、照れてしまう。ヘアメイクさんの言葉も嬉しかったけれど、いまはもっと特別だ。

「賢一郎さんこそ、めちゃくちゃ格好いいですよね。同じ男の俺から見ても憧れるぐらい」

「こう見えてかなり子どもっぽいんだよ。ひつじにもよく怒られる」

「ひつじくんに怒られちゃうんですか」

三歳の子に叱られてしゅんとしている賢一郎を想像してくすくす笑ってしまった。

可愛いひとだな。頼れる年上の男に見えるけど、中身はもっと深そうだ。

アイスコーヒーをゆっくり飲みながら、陽斗は「ここがおうちなんですか？」と訊いてみた。

「店舗兼住居、みたいな感じでしょうか」

「そう。二階が俺たちの家。ここはもともと俺の親戚が持っていた家でね。古い物件だから、どんなふうに弄《いじ》ってもいいけど壊さないという条件で譲ってもらったんだ」

「へえ、ご親戚ってなにをなさってるんですか？」

「お恥ずかしながら、不動産業」

「おお、なんだかお金持ちな感じです」

「成金成金」

茶化して言う賢一郎が、「きみは？」と首を傾《かし》げる。

「東京生まれ……かな?」

「いえ、福岡生まれです。あ、……俺、もしかして訛《なま》ってますか?」

陽斗の言葉に暫し賢一郎はきょとんとしていたが、次第にやわらかに微笑み、「違う違う」と言って髪をくしゃくしゃとかき回してくる。

あ、まただ。また、してくれた。

大きな手で髪をかき混ぜられるのがこんなに気持ちいいなんて知らなかった。陽斗の父は健在だが、厳しく無口なひとなので、スキンシップは皆無だった。

役者を目指して東京に出ると言った時も、公務員だった父親だけは大反対した。

『そげん浮き草稼業、務まるわけなかやろう』

頭ごなしに言われて余計に負けん気が出てしまい、必死に母と姉を説き伏せて高校を卒業すると同時に、ほとんど家出をするように飛び出してきてしまった。

以来、まだ一度も実家に戻っていない。

母と姉とは電話で話をするが、父はまだ怒りを解いていないのか、頑《かたく》なに電話口に出てくれない。そうなると、陽斗も意固地になってしまって、いまに見ていろ、父さんがビビるぐらいのでっかい役者になって故郷で凱旋《がいせん》公演をやってやる、と息巻いている。

「やわらかくて、張りがあって、ほんとうに陽斗くんはいい声をしていると思うよ。多少訛があっても素敵な個性だと思うけど」

「それはだめなんです。訛ってたら、だめなんです」

思わず言い返すと、賢一郎はさらに首を傾げる。

「どうして？」

「だって、俺、役者ですし」

口走ってから、――あ、と口を押さえた。

自分から言ってしまった。

あっさりバラしてしまった。誘導尋問もなにもなしに自ら明かすなんてどういう底の浅さだろう。

ぶわわわ、と顔から首まで赤くなる陽斗に、賢一郎は――けれど大層楽しそうに笑っていた。

「役者さんか、だからそんなに目立つんだ」

「目立ちません、そんな……ほんとうにまだ出たてで――やっと三年目に入ったばっかりで、まだまだアンサンブルも多いし」

「アンサンブル？」

「……いわゆる、端役です。芝居には絶対必要な存在なんですけど、台詞《せりふ》があったりなかったり……」

「まだ一言も喋《しゃべ》ったことはない？」

「いえ、何度か前の劇団で三番手の役をもらったことがあって、その時は結構台詞をもらえました。……ていうか、笑いません？　俺みたいなのが役者をしているなんて分不相応だって思いません？」

「は？」

ほんとうに驚いた顔の賢一郎が、「分不相応ってなに？」と訊いてくるので困ってしまう。これでも一応、謙虚な姿勢を取ったつもりなのだが、逆にこじれただろうか。

しかし、案に相違して賢一郎は意外な言葉を口にした。

「きみは俺が見てきた中でも誰よりも輝いてるし、なにより得がたい磁力がある。そんな陽斗くんが役者だっていうんなら納得だよ。舞台でのきみ、きっと映えるだろうな」

「は、はは……そうだと、いいな……」

真正面から褒められて耳たぶが熱い。

前の劇団でも、いまの「北極星」でも、一応外見は認められてきた。誰もの目を惹《ひ》く美形というのではないが、とにかく明るいオーラが出ているそうなのだ。

基本、陽斗は前向きだし、たとえ落ち込んでも三日もすればまた立ち上がる。

過去は過去、いまはいま、未来はこれから作っていけるのだからとなぜか根拠もなく信じていままでやってきたのだ。

まあ、それをほんとうに貫けているならばいま頃とっくに主役を張っているのだが、という自分へのちくりとした嫌みはさておき。

「ありがとうございます。そう言ってもらえるのは嬉しいです。励みになります」

「どこの劇団に所属してるんだ？　このへんはたくさん劇団があるよな」

「『北極星』という劇団です。そんなに規模は大きくないけど、実力者ぞろいです」

「ああ、名前は聞いたことがある。前にフライヤーをもらったことがあったな。中野駅の向こう側にある本間《ほんま》劇場をよく借りてない？」

「そうですそうです。あそこで定期公演をやってます」

「次の公演はいつ？」

「一応、……十一月頃に」

「きみはもう役が決まってるのかな」

「……じつは、まだ。今日、このあとに団内のオーディションがあるんですよ」

そうなのだ。秋深まる頃に「北極星」の定期公演があるのだけれど、オーディションはまさに今夜行われるのだ。

陽斗は実力がないわけではない。むしろ、若いわりにはしっかりとした演技力があって、それは前の劇団でも裏付けされていた。

ただ、いまの「北極星」ではつねに主役級を張る団員がいて、今回も多分彼がメインだろうと思う。たぶん二番手も、もう主宰陣の中では決まっているのではないかと思う。

なのに、やっぱり簡単には諦め切れないのだ。

「芝居かぁ、実際に観てみたいな、きみの演技」

「お観せできる機会があるといいんですけど」

「練習ではどんなことをするの?」

どうやら賢一郎は芝居をする陽斗に興味津々らしい。

だから陽斗もついつい熱心に答えてしまう。

「まずは発声練習です。滑舌《かつぜつ》をよくするために。それから筋トレも重要です。体幹が鍛えられていないと板の上でしっかり身体を張った演技ができないですし、声も出ませんからね。あとは……他の団員と組んでエチュードをやったり」

「エチュードってなんだろう」

「いわゆる即興芝居のことです。アドリブで掛け合って、短時間で一つの芝居を創るというようなな。実際の芝居でもアドリブってあるでしょう? もちろん場をより盛り上げるためでもあるけど、万が一共演者が台詞を飛ばしたり失念したりした時に芝居を繋《つな》げる必要があるので、そういう素早さを鍛えるんです」

「おっ、そんなことができるんだね。ぜひいまここでやってほしいぐらいだ。一人芝居とかできる？」

「え？　ここで？　いや恥ずかしいっていうか、その……一人芝居はできるけど」

突然のリクエストにあわあわしていると、賢一郎は可笑しそうに笑って、「じゃ、今度観せてくれないか」と言う。

「いますぐっていうのはさすがに我《わ》が儘《まま》だからさ、きみの準備ができた時で。ひつじもテレビドラマが大好きなんだ。きっと喜ぶ」

「……はい、ぜひ！　楽しんでもらえるように精一杯頑張ります」

「じゃあ、今日のギャラを渡すよ」

賢一郎が立ち上がってレジに向かおうとする前に、その腕を掴んだ。

「お金はほんとうにいいです。まかない、食べさせてもらえたし」

「でも……ただ働きに近いぞ。俺の良心が痛むんだけど」

「ホントにホントにお構いなく」

重ねて固辞すると、賢一郎は座り直して、頬杖をつく。その目がきらりと光る。

「じゃあ、別のギャランティ……とか？」

「……え……？」

そっと肩を抱き寄せられて、賢一郎の鼻先が近づいてきた。その綺麗な鼻筋に魅入られ、陽斗は魔法にかかったように熱に浮かされてしまう。

キスをされたわけでもないのに、くちびるが熱を欲しがっている。

そのことを敏感に悟ったのか、賢一郎が慎重に顔を傾けてきた。

ゆっくり重なる、厚めのくちびる。熱が押し当てられて、壊れ物を扱うかのようにそっと甘く吸われた。

「ぁ……」

けっして強引ではないけれど、抗えない力がある。

ギャラにしては、十分にやさしくて大人のキスだ。

陽斗がぼんやりしていることに気づいたのか、賢一郎は自分たち以外誰もいない静かな店内で楽しそうにくちびるをついばんでくる。

ちゅ、くちゅりと表面を触れさせたあと、今度は舌先でつんつんとつついてきた。陽斗が「……ん」と甘ったるい息を漏らしながらおずおずと口を開ければ、温かい舌が潜《もぐ》り込んでくる。

最初は、試すように。初めてのキスに戸惑う陽斗の反応を探るように丁寧に動き、次第にそこから伝わってくる唾液や熱にたまらなくなって自分からも無意識に身体を押しつけると、肩を抱

いていた手がうなじに回り、ぐっと引き寄せられた。

「ん……ッん、ふ……」

息が苦しくて肩を上下させ、薄く瞼を開くとすぐそこに整った賢一郎の雄めいた顔がある。

真剣でいて、どこか余裕を感じさせる大人の男に見入ってしまい、反抗する術《すべ》がちっとも見当たらない。生まれて初めての大人のキス。ステップを一つ上がるようなくちづけはたちまち陽斗を虜《とりこ》にし、鼻先を互いに擦りつけてまでキスし合った。

にゅくりと舌先を搦《から》め捕《と》られて、今度は強く、意地悪く吸われて、じぃんと身体の中を激しい熱が一本、線のように走り抜けていく。

頭のてっぺんから心臓、そして腰をもやもやさせて足の爪先にまで。

「は……」

「気持ちいい？」

「……っ」

はい、とも、いいえ、とも言えなくて、陽斗は熱情に潤《うる》んだ目で必死に賢一郎を見つめた。

この年になって、まだまともな経験がないともし賢一郎が知ったら、間違いなく驚くだろう。

一応、高校生の頃に少しの間だけ、在籍していた演劇部の女の子と付き合ったことはあるのだが、その頃も芝居まっしぐらだった陽斗は彼女と会っても舞台の話ばかりしていて、恋愛のれの字も感じさせてあげられなかったように思う。

『陽斗くんって、なんか思ってたのと違う……』

そう言われて、別れを切り出されたのは高校二年生の冬。陽斗なりに彼女を大切にしていたつもりだったので、これは結構応えた。そして思ったのだ。

――いまは芝居一直線だ。彼女だなんだと騒ぐのは、一人前の役者になってから。

そう思っていたから、キスもセックスも経験しないまま二十一歳になってしまった。

「……もしかして陽斗くん、キスはこれが初めて？」

脆《もろ》い気持ちを見透かされたような気がして、陽斗は必死に首を横に振った。

「キ、キスぐらいなら経験あり……ます。その先だって」

その先ってどういうことだろうと勝手に顔を赤らめていると、賢一郎はちいさく笑う。

「そうなんだ。妬《や》けるなぁ……きみみたいな魅力的な男の子がもう誰かと経験を済ませてしまってるなんて。じゃあ、俺なんかのキスはつまらない？」

「それ、は」

つまらないどころか、胸を鷲摑《わしづか》みにされているのだが。素直にそう言えればいいのだけれど、陽斗にも男としてのプライドがある。

せめてキスぐらいは慣れているふうに見せようとつんと顎《あご》を上げ、勇気を出して彼のくちびるに自分のそれを押しつけた。

「……っぅ、ん、ん」

これでどうだ。少しは見直してもらえたか。

いったい、昼間からなにをしているのだろう。昨日出会ったばかりの男とキスをし、息を切らしているなんて。でも、腹は満たされているし、そのせいで心も穏やかに蕩かされているし、もっと強い刺激で惑わせてほしいぐらいだ。

このキスに夢中になってしまいそうで怖い。はぁ、と息を漏らして少しだけ身じろぎすると、その隙《すき》を狙《ねら》ってか、賢一郎がますます舌を食《は》んでくる。

じゅわっ、と口腔内に賢一郎の唾液がたっぷりと溜まり、喉《のど》を指先でくすぐられてしまうと思わずこくんと飲み込んでしまう。

「あ……」

他人の体液を取り込んだことがなかったので、ちょっとした怖さがある。それと同じぐらいの酩酊感《めいていかん》も。頭の底がくらりと揺れて、背の高い椅子に腰かけているのがつらくなってきた。

「こっちにおいで」

「賢一郎さん……」

広い胸に抱き締められながら髪を梳《す》かれ、頬や鼻先にまでくちづけられた。

「待って、……待ってください、どうして……こんな、こと……」

「言わないとわからないか？」

わからない。ただ面白がって、からかわれているだけだという可能性も大ありではないか。すると賢一郎はやわらかに頬を緩める。

「……きみが可愛いからだよ」

「俺が……？　でも、俺、男……なんですけど」

「俺もだけど」

いやそうじゃなくて。いやそうなんだけど、男同士でキスしてもいいのだろうか。出来たてのふわふわした綿飴《わたあめ》のように意識が溶けてしまい、賢一郎の胸に縋ってしまう。それが彼の欲情をますます駆り立てるとは知らずに。

「可愛いよ、陽斗くんは。まっさらなキャンバスみたいだ。俺が色を足しても怒らない？」

色、とはどんなことだろうか。わからなくて首を傾げると、無防備になったそこにやんわりと噛みつかれた。

夏場だからTシャツの首元は剝《む》き出しで、男のしっかりした犬歯を食い込ませてしまう。

「ッ……！」

びくん、と身体を波打たせて陽斗ははっきりと喘《あえ》いだ。

経験がなくてもわかる。これは、紛れもなく快感だ。初めて感じる他人の愛撫に反応してしまっている。

「あ、……あっ、待っ……」

「もう少しだけ」

首筋を噛み締め、そのあと舌先でちろちろと舐《な》めてくる賢一郎の声が掠《かす》れていることに気づき、たまらなくなる。

どうして？　どうして？　なんでこんなことに？

だけど、ほんとうに嫌じゃない。嫌じゃないけれど、突然すぎて動揺してしまう。

もう少し寄り添おうか。はしたないけれどねだってみようか。

なにを？

この続きを。

大人の賢一郎なら上手に熱の源泉を求め合うことをリードしてくれそうだ。

互いに深く知らないのに肌を合わせるのはやはり不安があるが、それよりも好奇心が勝ってしまう。生まれつきそういう性格だ。安定よりも波瀾万丈《はらんばんじょう》な道を選んでしまう。

彼のシャツの胸元をギュッと握り締めようとした時、不意に自分の左手首の時計が目に入った。

十五時を少し過ぎた頃。

そこでにわかに理性が目を覚ました。

「――あ！　あの！　ひつじくんの、お迎え！　それに俺、このあと劇団に……行かなきゃ」

オーディションが待っているのだ。

「あ」

互いに目を見合わせたところで、急に恥ずかしさが募ってきて陽斗は大げさにぱっと身体を離した。

一時《いっとき》でも昼日中のカフェで淫《みだ》らに舌をくねり合わせていたのが夢みたいだ。

「お迎え、行かなきゃいけませんよね。すみません……！」

「いや、俺もうっかりしてた。ごめん、大切なオーディション前に。じゃあ、あの」

賢一郎は名残惜《なごりお》しそうに頬に触れてきて「また来てくれる？」と囁《ささや》いてきた。

ずるいなそういう声、と恨《うら》めしくなる。こんなに低く甘く囁かれたら、「嫌です」なんて言えるわけがないではないか。

「正式に、週何回か来ないか？　ほんとうにありがたいし、ひつじもきみには懐いてるし」

「か、考えます、ちゃんと、ちゃんと考えて、また明日、来ます」

明日来ることが決まってるなら、いま答えたってていいではないかと自分に激しく突っ込みたいが、いいやここは焦らず少し頭を冷やしたい。

そうだ、今夜は近所の銭湯に行こう。自宅の狭い風呂ではなく、広々とした銭湯でゆっくり今後のことを考えよう。のぼせそうだが。

あたふたとお迎えの準備をする賢一郎に挨拶をし、陽斗は店の外に駆け出る。足早にひつじカフェを離れながらもちらちらと肩越しに振り返ってしまった。ちょうど、賢一郎も外に出てきたところで、陽斗に手を振っている。

『また明日』

そんなふうに言っているようにも思えたから、陽斗はぺこりと頭を下げ、ほとんど駆け足のようにその場を去った。

ヤバい、ほんとうにヤバい、このときめきはなんなんだ。高校生の時だってこんなにもドキドキしたことはなかった。

「あー……」

自分では気づいてなかっただけで、年上の男に惹かれる素質があったのだろうか。なんて馬鹿なことを考えつつ、陽斗は息を深く吸い込み、「北極星」の事務所兼稽古場がある方角へと足を向ける。

キスに現《うつつ》を抜かしている場合ではない。今日は大切な団内オーディションがあるのだ。

意識を、切り替えなければ。

「おはようございます！　成宮です」

ひつじカフェからダッシュして約十五分後、陽斗は駅を挟んで反対側にある雑居ビルの一室に顔を出した。

元気よく挨拶していているのに、すでに稽古場に来ていた団員たちはピリピリしたムードで、無愛想に会釈《えしゃく》をするだけだ。

メインキャストを含め、男性が八割を占める二十人ほどの団員たちが所属する劇団「北極星」は、底抜けに明るいコメディ組と、それとは真逆のシリアス組に分かれている。

春先に入団した陽斗はまだどちらにもつけず、諸先輩方のレッスンに羨望《せんぼう》のまなざしを送る立場だ。

団員たちが稽古をするレッスン場は古ビルの一室を改装していて、板張りの床はいつも綺麗だ。団員たちが交代で掃除して帰るようにしている。片隅にピアノが置かれ、音を合わせることも可能だ。

磨いた床に、キュッとシューズの鳴る音がそこかしこで聞こえる。団員たちはそれぞれTシャツにハーフパンツとラフな動きやすい格好ではあるものの、やはりひとの視線に晒《さら》されることに慣れた役者だ。普通の格好をしていてもどこか垢抜《あかぬ》けている気がする。

上京して二年目、さて自分はどうだろう。リサイクルの服か、ファストファッションのバーゲン品で精一杯のいまの陽斗には、若さと勢いだけが武器だ。

「凪原《なぎはら》さん、おはようございます」

ちょうど近くにいた凪原俊介《しゅんすけ》に丁寧に頭を下げる。

陽斗より六歳上、二十七歳の彼が「北極星」の看板役者で、たいていの場合は主役か準主役を務める。他の劇団なら実力のある役者で主役を持ち回るシステムもあるのだが、ここは違う。ある種のスターシステムを採用し、熱狂的なファンがついている凪原をメインに据えたほうが集客力を見込めると劇団側も判断しているようだ。

男の目から見ても鋭い美貌を持つ凪原は、冷ややかなまなざしで陽斗を見ると、ふいっと顔を逸《そ》らし、手にしていた台本に目を落とす。周りには凪原の取り巻き役者がいて、容易に話しかけられない。

陽斗がこの劇団でもっとも憧れ、追いつきたい役者だけにもっと話したい相手なのだけれど、凪原のガードは固い。

シリアスを得意としている彼は板に乗ればどんな長台詞も巧《たく》みに感情を込められるのだが、レッスン中においてはとてもストイックで無口だし、打ち上げも取り巻きとしか参加しない。よく言えば開放的、悪く言えば開けっぴろげな陽斗とはまったく正反対の男なので、どこから攻略すればいいかもわからず、数か月が経ってしまった。

各自ストレッチをしたり発声練習を行ったりしているうちに、主宰の金井《かない》やスタッフたちが姿を現し、パンパンと手を叩く。

「僕が呼んだ奴は全員そろってるかな？　そろってるなら、そろそろオーディションを始めようか」

「よろしくお願いします」

温厚でありつつも演技に妥協しない金井へ、集まっていた団員は陽斗を含め全員一礼する。十人ほどが参加していた。

この中から次の芝居のメインキャスト、そしてアンサンブルキャストが決まるのだ。

過ぎた願いではあるものの、凪原をひとっ飛びに追い抜かして主役が欲しい。だから、このオーディションでは全力を発揮したい。シリアス組、コメディ組のどちらにも属していない陽斗ではあるけれど、せっかく前の劇団での実力も込みで「北極星」に入団し、今回のオーディションにも呼んでもらえたのだ。

とりわけ、主宰の金井には目をかけてもらっている。

『今年か来年中には大きな役を与えたいんだが、どうなるかな』

入団の直後にそう言われて、武者震《むしゃぶる》いしたことをいまでもよく覚えている。主宰自ら見込んでくれているのだから、期待に応えたい。一つ一つの舞台、そして一つ一つの台詞を大切にしていけば、きっとスポットライトが自分にも当たる日が来るはずだ。

「みんな、台詞は入ってるか？　今日のオーディションはメインキャスト三名のうち、各自が好きな人物を選んで私たちの前で演じてもらう。主役のカイエ、準主役のトワロ、三番手のヨナだ。まず、カイエを演じたい者は手を挙げてくれ」

すっ、と当然のように凪原が手を挙げる。

それに怖じ気づかず、陽斗もしっかりと手を挙げる。凪原や取り巻きたちがぎらりと視線を向けてくるが、控えめにしていたっていいことはない。どんどん前に出ていかなければ。

「凪原に成宮の二名か。他には？」

もう一人、おずおずと手を挙げかけたが、凪原の強い視線に負けたのか、やめたようだ。続いて準主役のトワロ、三番手のヨナを演じたい者たちが挙手し、まずは三番手の希望者たちから与えられた台詞を演じていくことになった。

主役として脚光を浴びることはもちろん役者の夢だが、演じてみたい役柄、というのがまた別にある。

それは主役、準主役と関係ない。

口にしてみたい台詞や演技が頭の中にあれば、ほんとうは役の順番なんかどうでもいい。板の上で精一杯輝きたいだけだ。

だけど、今回はどうしても主役を取りたかった。

シリアス組に自分の演技がはまるか若干の不安があるが、永遠の生を与えられたヴァンパイアとその親友、という脚本には魅力がある。

もちろん、主役はヴァンパイアのカイエだ。

舞台は、いまより少し昔のヨーロッパの片田舎。生まれながらにして呪われた血だったというのではなく、幼い頃に森の中で怪我をした親友トワロを助けるために救いの手を求めて一人その場を離れたカイエは、古城に住んでいた年老いた男から言葉巧みに騙《だま》され、血を奪われてしまう。たっぷりと若い血を取り込んで満足した男――失われた存在と思われていたヴァンパイアのヨナは『礼だ』と言わんばかりにカイエとともにトワロを助ける。しかし、その時からカイエは新鮮な血を欲するようになり、果てしない苦しみを味わうことになる。

いつも、心底欲するのは親友のトワロの血なのだが、彼だけは仲間にしたくない、同じ絶望を味わわせたくないと夜な夜な葛藤するのだけれど……という展開で、重々しいながらもドラマティックで、かつ濃密な男たちの感情のやり取りがざっと書かれたあらすじを主宰の金井から渡された時に、これまでにないぐらい胸を高鳴らせた。

金井は脚本家も兼ねていて、優れた物語を生み出す逸材だ。

以前の劇団にはほんとうに恩義を感じていたが、個性の強い「北極星」にも素直に憧れを抱いていた。金井の強いエッセンスを感じるこのヴァンパイアを演じることができたら、どんなに素敵だろう。

自分なりの解釈を交ぜ込み、何度も何度も台詞を咀嚼《そしゃく》して、仕草一つおろそかにせず影のあるヴァンパイアのカイエを演じてみたい。

明るく前向きな陽斗はこれまで仄暗《ほのぐら》い役柄とは無縁だった。だからこそやりたいのだ。カイエはまだ若く、リアルの自分と近い歳という設定だ。感情の持ち方も超越した者というのではなく、幼い頃無理やり血を奪われてしまったがためにヴァンパイアに変化させられてしまったという歪《ゆが》んだ存在について苦悩し、葛藤してみたかった。

手のひらに汗をかきながら順番を待つ陽斗の前で、ヨナ役を希望する者たちがそれぞれの解釈を見せていく。

続いて、親友役のトワロ。朗《ほが》らかでひと懐こく、カイエを信じて疑わないという性格を考えると、陽斗がやりやすいのはこの方向ではないかと改めていくらかの戸惑いが浮かぶ。

しかし、当て書きに近い役ばかりを演じているのではいつまで経っても同じようなイメージか

ら脱却できない。それならいっそコメディ組のオーディションを受けるべきかもしれないが、いまの陽斗を捉えて離さないのは親友のトワロにもけっして明かせない秘密を抱え、いつまでも続く生を虚《むな》しく過ごしていくカイエだ。

トワロを演じる者たちの時間が終わり、最後に残されたのは陽斗と凪原。

「きみからどうぞ」

年上で先輩格の役者からそう言われたら、嫌だとは言えない。

「わかりました。ありがとうございます」

丁寧に頭を下げて、陽斗は一歩前に出る。正面には横長のテーブルと金井、そしてスタッフたち。鏡張りの壁に、緊張した顔の自分が映る。

そして、その背後で腕を組んでいる余裕の表情の凪原も。

負けてたまるか。

この役は絶対にもらう。

髪をかき上げ、目元に力を込めて陽斗は傍《かたわ》らにトワロがいるかのように腰をかがめる。そして、悲痛な声を胸の奥から絞り出した。

「ああトワロ、大丈夫か、そんなに深い傷を負うなんて……」

視界の隅で、組んだ手の甲に顎を乗せた金井が目を瞠った——ような、気がする。

陽斗がたまに行く銭湯は深夜二時までやっている。

遅くまで盛り上がる土地柄だろうか。このあたりは飲み屋も多いし、食事をしたあとにさっと汗を流して家に帰るというひとも多い。

ゆっくり、ゆっくりと歩き、星一つ出ていない夜空を見上げながら陽斗はため息をついた。

今日のオーディションの結果は、来週の金曜に発表されることになった。

約一週間、どう過ごそう。スーパーのバイトは月曜から木曜がメインだ。店長に頼んで、今週末も臨時でシフトを入れてもらおうか。おとなしくアパートで過ごしている気分ではない、と考え、あ、と足を止めた。

そうだった。ひつじカフェに行くと約束したのだった。

週何回かバイトしないかと賢一郎に誘われていたのだ。

その申し出自体はとてもありがたいし、できればちょこちょこバイトしたい。だが、いまの自分は隙がありすぎて、賢一郎のそばにいても油断しっぱなしだ。

また、キスをされたら。

いいや、それ以上のことをされたらどうしよう。

でも、ひつじくんは可愛いし、また会いたい。

賢一郎自身だってとても魅力的で、これをきっかけに知り合っていきたい気持ちもある。

馴染んだ故郷を離れてもう二年以上経つのに、東京ではなかなか友人ができないのだ。それも致し方ない。芝居という目標に向かって集まる者は皆ライバルだ。

簡単に馴れ合うことはまずしない。

あの凪原は三人ほどの取り巻きがいるが、いったんスイッチが入ればそれぞれが持ち味を生かした役を演じるだけの力を持っている。

もう少しだけ、親しいひとが欲しい。屈託なく話せて、のどかな時間を過ごせる相手が。

「賢一郎さんとひつじくんが……」

そうだったら、どんなにいいか。

もう一度息を吐いて、洗面桶を抱えながら銭湯ののれんをくぐる。いま時はもう昔ながらの番台もないので、入り口の入浴券売機に小銭を入れる。チケットを取ったらフロントに渡し、ほどよく空いている脱衣所の真ん中あたりにあるコインロッカー前で服をもそもそと脱ぎ出した。

銭湯も最近値上がりしたのでちょくちょく来ることはできないが、たまには手足を伸ばしてのんびりしたい。

潔く素っ裸になってタオルと桶を持ってガラリと浴場に続くガラス戸を引き開ける。むわっとした温かい空気にほっとし、一番手前の洗い場が空いていたので、そこを陣取ることにした。

まずは備え付けのシャンプーで頭を洗い、リンスで髪を労《いたわ》っている間に身体をしっかり洗う。それから髪を流し、顔をさっぱりさせたら、ゆっくりと風呂に向かう――ところで、トントンとうしろから腰の下のほうをつつかれた。

「ん？　あ、あ！　……ひつじくん⁉」

「はるちゃんだぁ。おふろきたの？」

「やあ、偶然だね。陽斗くんもお風呂か。俺たちもさっき来たばかりだよ」

なんとそこには、もちもちの肌をしているひつじくんと、見応えのある体軀をしている賢一郎が立っていた。

慎み深くタオルで前を隠している賢一郎につかの間見とれていた陽斗も、慌ててタオルを前に垂らす。目が離せないほどに引き締まった身体だ。しっかりした骨組み、厚い胸板。無意識に視線を上から下へとずらしてしまい、かあっと頰を火照《ほて》らせた。

陽斗はくるりと背を向け、大きな浴槽に足を踏み入れた。あまりじろじろ見ていたら失礼だ。

「ふぁー温かい……あ、あのよかったら、……一緒にどうぞ」

「はるちゃんといっしょ！」

賢一郎に掛け湯してもらったひつじくんがよいしょと浴槽を跨《また》いでくるので、内側から抱き上げて膝の上に乗せてやった。

「えへへ、はるちゃんとおふろいっしょだね」

「だねえ。ひつじくんもここ、よく来るの？」

「たまにけんちゃんとくる。あわ、ぶくぶくするやつ、すきなの」

「ジャグジー風呂のことだよ」

「なるほど。あれ、俺も好きだよ」

「きもちいいよね」

むにむにした身体を押しつけてくるひつじくんが可愛くてたまらない。

「ひつじくん、頭まだ洗ってないの？　自分で髪洗えるの？」

「あらえない」

「じゃ、俺が洗ってあげようか」

「ほんと！」

嬉しそうに笑うひつじくんをぎゅっと抱き締めて、陽斗は隣の賢一郎にお伺いを立ててみた。

「俺が洗ってあげてもいいですか？」

「もちろんだよ、喜んで」

では早速。ひつじくんがほどよく温まったところで三人で洗い場に戻り、ひつじくんに子ども用の椅子をあてがう。

「シャンプーハットとかしなくていいの？」

「だいじょうぶ」

ひつじくんは両目を手で覆い、ややうつむく。その横顔だって天使そのものだ。ちいさな子はとくに横顔が可愛いと思う。まだほんとうに幼くて、あどけなくて、丸みを残した顎のラインがふにふにしていて、思わずつんつんしたくなるぐらいだ。

しっかり目を閉じたひつじくんを確かめて、陽斗はシャンプーを手のひらで泡立て、ちいさな頭をわしゃわしゃ擦る。やわらかい髪はそっと扱ってあげないともつれそうだ。

隣では、賢一郎が興味津々な顔つきだ。

「あの、……そんなに見られると緊張します」

「あ、ごめんごめん」

照れくさそうな顔で、賢一郎自身も髪を洗い出す。熱量の高い男がすぐそばにいると思うと心が逸《はや》るのだが、いまはひつじくんを綺麗にすることに専念するのみ。

「目、瞑《つぶ》っててね、流すよ」

「はーい」

右手をぴっと上げたひつじくんに、シャワーを浴びせる。白い泡が身体をすうっと流れ落ち、排水溝に消えていく。それからリンス。これも髪に馴染ませ洗い流したら、「はい、できました」と微笑んでひつじくんの頭を撫でた。

「いい子だったね、ひつじくん。綺麗になったよ」

「ありがと！」

三人そろって身体もすっきりさせ、ぴかぴかになったひつじくんがまたもや抱きついてくるので、陽斗はもうデレデレしっぱなしで賢一郎に笑いかけた。

「心底惚れちゃいます」

「わかるわかる。俺もベタ惚れ」

「ねえ、けんちゃん、もうでよう？　こーひーぎゅうにゅうのみたい」

「ん、そうだな、でも今日はせっかくだから陽斗くんと一緒に夜パフェ食べないか？」

「たべる！」

「夜パフェ？」

聞き慣れない言葉を耳にする陽斗に、賢一郎は丁寧に説明してくれた。

「テレビのニュースで見かけたんだけど、最近北海道《ほっかいどう》の札幌《さっぽろ》では夜食べたり飲んだりしたあとにパフェを食べるのが流行《はや》ってるっていうんだ。面白そうだから、うちでも採り入れてみようかなと思って。ひつじの髪を洗ってくれたお礼にごちそうしたいんだけど、どう？　それとも、遅くにカロリー摂取はやっぱり禁止？」

甘い声でそそのかさないでほしい。

絶対食べたくなるではないか。

役者という仕事柄身体は絞っておきたいのだが、今日はオーディションがあったあとだし、そう簡単に寝付けるとは思えない。

アパートに一人帰ってうだうだと悩むぐらいなら、賢一郎の誘いに乗ってしまうのも一つだ。

ほかほかの身体に、今夜の風はさらりとして心地好い。ひつじくんを抱っこする賢一郎から湯桶を預かり、陽斗も夜の街をゆったりと歩く。

電灯が自分たちの影をゆらりと映す様に――なんだか家族みたいだなと照れくさくなる。

ひつじカフェに着くなり、ひつじくんは陽斗の手を摑んで最奥のテーブルへと向かう。そこで隣同士に座り、「ぱふぇ、ぱふぇ」とテーブルを拳《こぶし》でトントン叩く。

「けんちゃん、ぱふぇぇぇぇ」

「はいはい、待ってろ。陽斗くん、少し待ってろな。とりあえず氷水どうぞ」

氷がぎっしり入ったグラスを渡されて、「ありがとうございます」と礼を言う。

二階の住居に湯桶を置いて戻ってきた賢一郎はカフェエプロンを巻き付け、なにやら準備を始めた。

「ひつじくん、今日は保育園でなにしてきたの」

「あのねえ、あっくんと、かずくんと、しんちゃんとみんなでおにごっこ。ひつじくんは、おにだったの」

「鬼かぁ。すごいね。勝てた？」

「かてた！」

えっへんと胸を張るひつじくんに、カウンター内の賢一郎が苦笑する。

「こう見えても結構足が速いんだよ。いつも行くスーパーじゃお菓子売り場でいつも追いかけっこ」

「そうなんですね。好きなお菓子は絶対見逃さない感じ？」

くすくす笑っていると、ひつじくんが、「でねぇ」と甘ったるい声でのぞき込んできた。

「こんどほいくえんで、おゆうぎかいあって、おしばいやるの。ひつじくんもでるんだよ。ももたろう、っておはなしなの」

「おおすごいね。なんの役？　桃太郎《ももたろう》？」

「ううん、おに！」

大の鬼好きらしい。さすがに我慢できず吹き出してしまう。

「鬼がそんなに好きなんだ？　どうお芝居するか決まった？　鬼さんできそう？」

「うーん……ちょっと、むずかしい。わあああっておどかすだけなんだけど、うまくいかなくて……」

顔を曇らせているひつじくんはすっかり信頼し切ったような目を向けてきて、「はるちゃん」と身をすり寄せてくる。

「どうしたら、うまくできる？」

「んー……そうだな。俺もたいしたことはできないけど……たとえばさ、鬼だってほんとうは好きで人間をいじめてるわけじゃないって思ってみたら？　昔から怖い顔や大きい身体を人間が必要以上に恐れて、鬼たちを島に閉じ込めてしまったんだよ。でも、鬼たちは人間と仲よくしたい。そんなところへ桃太郎たちが攻め込んできて、悲しくなってしまう……たとえ最後に戦うことになっても、『仲よくさせて』とお願いするのはどう？」

「おねがい……つよいおにが？」

「鬼だって寂しいんだよ。そういうお芝居が見せられたら、ひつじくん、大人気になっちゃうかもね。もちろん、めいっぱい怖くさせるのもアリだよ。どっちをやりたいかはひつじくん次第」

「……ん、わかった、やってみる……」

こくんと頷き、なにかを決意したような顔のひつじくんの頭をやさしく撫でる。するとタイミングよく、賢一郎が二つのグラスをトレイに載せて運んできた。

「演技指導、ありがとう。ひつじ、俺も寂しい鬼が見てみたいな」

「……わかった！　ねえ、ねえ、はるちゃんもおゆうぎかい、きて？」

「え？　あ、……あ、うん、もし、賢一郎さんがいいよって言ってくれたら」

「ぜひぜひ。秋頃にあるんだ。一緒においでよ。頑張った二人に、――はい、今夜のパフェ」

そう言ってコトリと目の前に置かれた大小二つのグラスに陽斗とひつじくんはぱあっと顔を輝かせた。

三角錐のグラスに、今夜は夏のフルーツの王様パイナップルが大胆に飾られている。アイスクリームの白とパイナップルの黄色が目にも鮮やかだ。

緑の濃い皮をいいアクセントにして切れ込みを入れて彩っているのもいい。堂々たるパイナップルパフェにひつじくんも目を輝かせている。

「ぱいなっぷる！」

「ひつじ、パイナップルも好きだもんな。陽斗くんは大丈夫？」

「大好きです大好きです。わ、甘くていい香り……」

「いっただきまーす！」

勢いよくひつじくんは大きくカットされたパイナップルを手摑みし、あぐあぐと頬張っている。

陽斗も真似してパイナップルを摑みざっくりと嚙み締めた。じゅわっと甘酸っぱい果汁が口一杯に広がって、なんとも美味だ。

「ん……美味しい……！」

「だろ？　中はパイ生地じゃなくて、今日は正統派のコーンフレークなんだよ」

柄の長いスプーンで探ってコーンフレークを盛り、口に運ぶ。豊かで香ばしい。

「え、なにこれ、こんな美味しいコーンフレーク初めて……」

「ありがとう。これも自家製なんだ。アイスも」

「アイスまで⁉」

さすがに驚いた。そう言われればコンビニで食べるアイスよりずっと濃厚だ。パイナップルの味を生かすためか生クリームは控えめで、そのぶん少し多めにアイスクリームが盛り付けられている。バニラビーンズがいい香りで、癖になりそうな甘さだ。

ぺろりとパフェを平らげ、満足満足と腹をさすっていると、一足先に食べ終えていたひつじくんがことんと寄りかかってきた。

「もう、ねむい……」

「はは、そうだよね。もう九時半過ぎだもんね」

「だったらひつじ、歯を磨いて寝るか」

「うん……」

心も身体も満たされて、ひつじくんはもううとうとしている。

そのちいさな手を賢一郎に向かって差し伸べ、「だっこ」とせがんでいるのを見るとうずうずしてしまう。

ああもう自分が抱っこしてあげたい。

賢一郎は慣れた感じでひつじくんを抱っこする。

「あ、……だったら俺がこのグラスを洗っておきますね」

「いいかな？　じゃ、お願いしてしまおう。さ、ひつじ、上に行こう」

「ん……」

賢一郎の広い肩に顔を押しつけているひつじくんはもう半分夢の中だ。

カウンター内にある階段を上っていく足音を聞いたあと、陽斗はグラスを持って流しへと近づく。そこで昼間のように丁寧に容器を洗い、ふと思いついてケトルに湯を溜め、火にかけた。

静かな、いい夜だ。穏やかに冷房が効かせてある店内はほんのりとしたランプの灯《あか》りだけでやさしく照らされている。

十分も過ぎた頃だろうか。上から賢一郎が戻ってきて、ケトルを手にしている陽斗に首を傾げる。

「それは？」

「お節介かなと思ったんですけど、お茶でもどうですか？　俺が淹れますよ」

「いいね、じゃあそのうしろの棚に頂きもののほうじ茶があるんだ。横にあるマグカップを使ってくれるか？　あと、紅茶用だけどポットがあるから」

「なら、賢一郎さんはカウンター席に座っていてください」

ほっとした顔でカウンターのスツールに腰を下ろす賢一郎が見ている前で、ポットを使い、黄色と青のマグカップにほうじ茶を淹れる。

「これは賢一郎さんたちの私物ですか」

「そう。たいていは上の階で済ませるんだけど仕事中に水分を取ることもあるしね。俺が青で、ひつじが黄色なんだ」

「じゃ、俺はひつじくんのをお借りしますね」

ちいさめの黄色のマグカップはプラスティックでできていてとても軽い。ほうじ茶が豊かな香りを放つ頃合で注ぎ、青いマグをカウンター越しに賢一郎に渡したあと、陽斗も黄色のマグを持って彼の隣にそっと腰を下ろした。

「今日はお疲れ様でした。お風呂屋さんで会うなんて偶然でしたね」

「だな。近所に住んでいるとこういう楽しいことがあるんだ」

ふふ、と笑う賢一郎が熱々のほうじ茶に息を吹きかけ冷ましている。パフェの甘さが残る口内にほうじ茶はぴったりだ。しばし二人黙ってお茶を楽しんでいたが、賢一郎のほうからやさしく話しかけてきた。

「今日の陽斗くん、もしかしてなにか考え事をしていたか？」

「え？」

「銭湯で会った時、ちょっとだけ元気ないかなって気がしてさ。でも俺の気のせいかな」

「あ、……あの、じつは……昼にも話したと思うんですけど、今夜劇団で大きなオーディションがあって……結果がわかるのは来週の金曜なんですよね。しばらくの間落ち着かないなって……」

「その芝居ってどんな話？　もしよかったら聞かせてくれないか」

親しみを込めた声に、陽斗はこくんと頷く。

自分も賢一郎に話してみたかったのだ。背伸びをしているかもしれないが、カイエという難しい役柄に挑戦したいことを。

ぽつりぽつりと話すうちに口調に熱がこもっていく。

「――カイエは最初からヴァンパイアだったわけじゃないんです。ひとの心も失っていないから、親友のトワロを巻き込んでしまっていいのかと思い悩むんです。その人間っぽさに俺、すごく惹かれて」

「確かに先が知りたくなる芝居だ。最後はどうなるんだ？」

「俺もまだ知らないんですよね。とりあえず中盤の一場面を見せてもらっただけで。……あー、やってみたいなぁ……」

頬杖をついて仄暗い天井を見上げると、コツンと温かい肘《ひじ》がぶつかってきた。振り向けば、賢一郎が目元をやわらかく滲ませ、見つめてくる。

「大丈夫だよ、きっときみならいつか望みを叶える」

「賢一郎さん……でも俺、特別格好いいわけじゃないし、派手じゃないし」

「でも、メイクをしたらぐっと見違えそうだ。若々しいきみがくちびるを赤く塗って色香のあるヴァンパイアを演じるところ、俺も見てみたい」

「嬉しいです。受かるといいんですが」

真正面から褒められて照れくさい。

ぶつかっている肘から温もりがじわじわ伝わってくる事実をもっと味わっていたいが、このままではまたもやおかしな雰囲気になるかもしれない。

そうしたら、今度こそ断りきれない気がする。頼みの綱であるひつじくんはもう熟睡してしまっているだろうし。

「あ、あの、え、っと」

身体をのけぞらせ、陽斗はきり悪そうに頭をかく。

「カフェでのバイトって、……ほんとうにお受けしてもいいですか？　たとえば、金曜と土曜とか」

「そいつは助かる。昼間？　夜？」

「だいたい昼間ですかね。夜も必要に応じて入りますよ。スーパーのバイトが月曜から木曜なんで、それ以外で入れる時はぜひいつでも」

「ありがとう。日曜はうちも休みなんだ。でも劇団を優先してくれて全然構わないから。ああ、それと、きみんところのフライヤーがあればうちに飾りなよ」

「ほんとうですか？　いいんですか？」

「うん、チケットを売ってもいいし、それぐらい手伝わせてくれ」

それはほんとうにありがたい。地元に根ざした店に公演のフライヤーを置いてもらったり、街角で配ったりするのは新参者の陽斗の仕事だ。

「——じつは、最初に賢一郎さんとひつじくんに助けてもらった時も、フライヤーを大量に配ったあとなんですよね。二百枚近くを駅で配っていたらもうバテバテで」

「そうだったんだ。劇団員もなかなか過酷だな。俺で役に立てることがあったらなんでも言って」

なんでも？　ほんとうに？

だったら——また。

またキスしたいなとか無責任なことを考えてしまう自分が情けない。いくらなんでも引きずられすぎだ。

賢一郎にとったら、ああいう大人のキスは日常茶飯事なのだろうか。

だって、とても慣れた感じがした。ためらいがなかったし、陽斗を誘う手つきも堂々としていた。

もし、あのキスに続きがあったとしたらどんなステップだろう。

賢一郎はどんなセックスをするのだろう。

最初のキスをやっと終えたばかりの陽斗にとってはなにもかもが未知数だ。

一人マグカップを抱えて顔を赤らめていると、賢一郎はちいさく笑い、つん、と頬をつついてきた。

「そんな無防備にしていると襲いたくなる」

「な、……っ」

くく、と笑う男がどこか憎たらしい。

ちらりと横目で睨み、陽斗はまだ熱いほうじ茶をごくんと飲む。

自分のほうから寄りかかってしまいさえすれば目には見えない垣根を跳び越えることができそうだが——いまはもう少しこのままでいたい。穏やかな空気のまま、二人で。

きっと、それは賢一郎も同じ気持ちなのだろう。

「ひつじって、名前のとおりよく寝る子なんだよ。一度寝付いたら起きない」

「そうなんですね。ほかほかして、抱いて眠ったら熟睡できそう」

「夏は結構暑いぞ」

他愛ないことを言いながら笑い、陽斗は賢一郎に少しだけ身を寄せた。

夏の気持ちいい夜。

いまは、この距離で。


緊張の日々を過ごし、ようやく翌週金曜の朝が来てがちがちに頬が強張る。

今日はオーディションの結果が出る日だ。ここ数日眠りが浅く、夜中、何度も目を覚ました。

だけど、今日でやっと答えがわかる。

受かるか、落ちるか。

中途半端なのが一番嫌だから、とにかく少しでも早く結果を知ってすっきりしたい。朝五時に目を覚ました陽斗は熱いシャワーを浴び、身体や顔をしっかり洗う。今日は臨時で午前中だけスーパーのバイトがある日なので、まずはそっちを片付けなければ。お昼からはいつものひつじカフェだ。

意気込んで支度を調《ととの》えたものの、まだ時間が早い。仕方ないので近所をジョギングすることにして、五キロほど走り終えたら今度は自宅でストレッチ。

また汗をかいたのでシャワーを浴び、苦笑してしまう。

こんなに神経がきりきりしているのも久しぶりだ。それだけカイエの役が欲しいという証拠だろう。

「北極星」に移籍して約四か月。

演技経験ゼロのド素人というわけでもないので、ここらへんで一発勝負に出たい。

気負いつつも時間になったので朝九時から営業するスーパーのバイトへと走り、青果コーナー担当の陽斗は品出しに勤しんだ。夏は野菜が多くて重労働だ。トマトにキャベツ、トウモロコシにジャガイモ。パッケージされたそれらを棚に手際よく並べていき、途中でレジのヘルプコールもあったので、何度か助っ人に入った。その後はひつじカフェで慌ただしく働き、賢一郎にも、「今日が結果発表だな。わかったらうちにも電話をしてくれよ」と言われたので、「はい！」と意気込んだ。

そうこうするうちに、もう上がりの時間――「北極星」に向かう時間だ。

「じゃ、俺上がりますね。お疲れ様でした」

「お疲れ様。いい結果が出ることを祈ってるよ」

陽斗は心からの賢一郎の言葉にこくんと頷く。急いでカフェエプロンを外して畳み、レジ横の棚の中へとしまう。それから店を出て、いったんは「北極星」に向かいかけたが、足が竦《すく》む。

どうしよう、このあと結果が出てしまう。これでもし落ちたとしても死ぬわけではないけれど、どうしてもどうしても欲しい役だ。

腕時計を見ると、十五分ほど余裕があるので、近くのコンビニに入り、アイスカフェラテを買ってイートインのコーナーに腰掛けた。

オーディションは懸命にやりきったつもりだが、その熱意が主宰たちにも伝わっているかどうか。

考え込んでも埒《らち》が明《あ》かないとわかっていても、いまここになって怖じ気づいてしまい、なかなかコンビニを出ることができない。

ふと思い出して、ボディバッグからスマホを取り出す。

さっき別れたばかりだけど、賢一郎に励ましてもらおうか。

ひつじカフェの電話番号は店の手伝いに入ると決まった時に教えてもらっているので知っている。

十六時前、いまなら賢一郎も手が空いている時間帯だろう。

甘えてる。好意につけ込んでる。そうわかっていても、賢一郎の声が聞きたかった。

頑張っておいで、と言ってもらえるだけで勇気が出る、きっと。

キス、した仲なんだし。銭湯だって一緒に入ったぐらいだし。

自分を奮い立たせ、陽斗は震える指でスマホのアドレス帳から賢一郎の番号を呼び出し、通話ボタンを押す。

二度、呼び出し音が鳴って、『はい、ひつじカフェです』と賢一郎が出てくれた。

「あ、——賢一郎、さんですか……？　俺です、成宮です」

『陽斗くん、電話をありがとう。どうかしたのか？　劇団にはまだ？』

スマホの向こうから聞こえてくるのは、いつもどおりのやさしい声だ。深みがあって、いつまでも聞いていたくなるような。眠る前に絵本を朗読してほしいぐらいの。

「はい、近くのコンビニにいます。俺……なんかここに来て急に怖くなっちゃって」

『結果が出る日だもんな、当然だよ』

「はい……」

気弱な陽斗を笑うわけではなく、寄り添ってくれることがなぜかひどく嬉しい。

『だったらさ、どんなに遅くなっても構わないから、結果が出たらうちにおいで』

「え、カフェに……ですか？　でも夜になっちゃいますよ」

『構わない。俺も気になってしょうがないし』

「じゃ、……じゃあ、できるだけ早く行きますね。すみません、甘えてしまって」

『きみに甘えてもらえるのは嬉しいよ。美味しいパフェを用意して待ってる』

「……はい！」

意気込んで電話を切り、陽斗は、まっすぐ顔を上げる。

なにを迷うことがあるのだ、ここまで来て引き返すわけにもいかない。

どういう結果が出ようとも、いまの自分の実力を出しきったはずだ。怯《ひる》むことはない。

ただ、進むだけだ。

ここで怯んでいる場合ではない。

よし、と握り拳を作って、陽斗はボディバッグを背負い直し、肩で風を切ってコンビニを出ていった。


「さて、先日のオーディションの結果だが……内側でずいぶんと票が分かれてね、いろんな意見が出たんだけれど、ひとまず決定したので伝えよう」

劇団「北極星」の稽古場で、三時間ほどのレッスン後、オーディションに参加した者が全員集まり、真剣な顔で主宰の金井をはじめとした首脳陣の前に体育座りをしていた。無論、陽斗も。

皆、固唾《かたず》を呑んで金井の言葉の続きを待っている。

「では、まずアンサンブルから。その後ヨナ役の発表だ」

一拍置いてアンサンブルキャスト、そしてヨナ役に選ばれた団員たちがぱっと顔をほころばせ、ガッツポーズを取る。惜しくも落ちた候補者たちはため息をつきつつも拍手を送っている。

「では、準主役と主役は同時に発表する」

ここが正念場だ。腹の奥にぐっと力を込める陽斗だったが、金井が笑みを浮かべてちらりと視線を送ってきた。

「――準主役のトワロは、成宮陽斗。そして主役は凪原俊介」

「……え?」

一瞬聞き間違いかと思って、頬が引き攣る。

自分は主役として挑んだのだが。

「成宮のカイエは若々しさがあって、僕のイメージとはべつのカイエを演じられそうな可能性はあった。しかし、ここはやはり本来の個性を生かして、素直でひと懐っこい親友のトワロを演じてもらいたいと思う。できるな？　成宮」

「は、……はい」

それ以外、答えられない。

だって、陽斗以外にトワロを希望していた者がいるのだ。彼らの嫉妬や羨望交じりの視線を受け、胸が波立つ。

主役じゃない。カイエじゃない。

カイエは——凪原だ。

「凪原の繊細かつ芯のある演技はカイエにハマっていた。文句なしだ。一部の変更はあったが、今回のキャストは全体的にレベルが高くて、僕も稽古が楽しみだよ。メイン三人はとくに頑張ってくれよ」

「ありがとうございます」

凪原が落ち着いた表情で頭を下げる。そして、どうだと言わんばかりの冷ややかな視線を陽斗に向けてきたので、一瞬胸の奥がかっと熱くなる。

役をもらえたのは素直に嬉しい。

準主役なんて、生まれて初めてだ。

前の劇団でさえなかったことだと思うと、金井に見込まれている証拠なのだから、喜ばなければと思う。思うのだが、やはり悔しい。

悔しくてたまらない。

やっぱり自分は元気系のやんちゃなキャラばかりだ。殻を破りたくて正反対のカイエを演じてみたかったのだけれど、時期尚早ということなのだろうか。それとも、そもそも分不相応ということなのか。

もっとひどい言葉も思いつくが、自己嫌悪を始めたら止めようがない。努めて深く息をし、とにかくいまをやり過ごすしかなかった。

「やったな、凪原。おまえにカイエはぴったりだ」

「凪原しか考えられないよな」

発表が終わり、取り巻きたちが凪原を囲む。そしてちらちらと陽斗を見やる。気の毒そうな、嘲笑《ちょうしょう》しているような。それでいて、「生意気だよな」という侮蔑《ぶべつ》のニュアンスも感じる。この間入団したばかりだというのに、最初の公演で準主役を射止めるとは。他の団員たちも陽斗には声をかけず、冷めた顔つきで散っていく。

とりわけ、トワロ役を希望していながらも外れた団員は敵意剝き出しだ。

陽斗がオーディションで演じたのは主役のカイエで、準主役のトワロではない。なのに、選ばれた。

金井の贔屓《ひいき》なのかと疑っているような目つきがつらくて、陽斗は急いでボディバッグを背負い、「お疲れ様、でした」とその場をあとにした。

戸口の横に、金井がいた。

「成宮。意外な抜擢《ばってき》で驚いただろうが、おまえの力を信じている。カイエ役としてもいい解釈をしていて寸前まで迷ったんだが、移籍したてだろう。今回がおまえにとっては初舞台だ。本来のおまえの持ち味を生かしてほしい」

「……はい、頑張ります」

主宰にこうまで言われたら、嫌だと言えるわけがない。なんとか声を絞り出してビルを出て、そのまま夜の街をがむしゃらに走って走って、走った。

気づけば、いつの間にかひつじカフェにたどり着いていた。「本日閉店」のプレートが扉にかかっているが、カーテンの向こうにはほんのり灯りがともっている。

どくどくと首筋がきつく脈打つのを感じながらそっと扉をノックすると、キィッと外側に向かって開いた。戸口には、賢一郎が笑顔で立っている。

「待ってたよ、お疲れ様、陽斗くん」

「……お疲れ様です」

いつもの穏やかな賢一郎の笑顔を見たら身体中の力がすうっと抜けてしまい、思わず彼の胸に倒れ込んでしまった。

「お、おい、大丈夫か？　そんなに疲れていたのか。とにかく中に入ろう」

「……」

肩を抱かれるまま、陽斗は店内に足を踏み入れる。奥のテーブルのあたりだけ灯りが点《つ》いていた。

「ひつじくんは……？」

「さっき寝付いたところなんだよ。きみに絶対会うって頑張ってたけど、睡魔に負けた。昼間、保育園でたっぷり遊んだみたいだったからね」

「そうなんです、ね……」

ここには、当たり前のやさしい日常がある。すくすくと育っていくひつじくんと、温かく迎えてくれる賢一郎。その二人が作る場所を、いまの自分は必要としている。いわば、シェルターのようなものだ。

三人掛けのソファに座らされ、「なにか呑むか？」と訊かれた。

「あの……ビールとか、ワインとか……お酒ありますか」

「あるよ。美味しいベルギービールがある。キンキンに冷やしてあるから、一緒に呑もうか」

「はい」

重い言葉と沈鬱《ちんうつ》な表情からなにかを察したらしい賢一郎が、すかさず立ち上がってカウンター内の冷蔵庫から瓶ビールを取り出して二つのグラスに注ぎ、運んできてくれた。

「はい、どうぞ」

「すみません……」

「なんのなんの。ともあれ、お疲れ様でした」

カツンとグラスの縁を触れ合わせてから、陽斗はぐっと勢いよく半分以上飲み干す。喉越しがやわらかなベルギービールの味を堪能するよりも、この胸のもやもやを一刻も早く解消したくて、あっという間に一杯目を空けた。

「お代わりがいるみたいだな」

また賢一郎は席を立ち、瓶ビールを持ってくる。そして、陽斗の目の前で栓《せん》を開け、ゆっくりと注いでくれた。

「美味しいビールだから、できればゆっくり味わうといいぞ」

「……はい」

こくんと頷くものの、酔いたくて仕方がなくて、ごくごくと呷《あお》ってしまった。二杯目、三杯目、それから四杯目となったところで、やっと重い重い息が胸の奥から漏れ出す。

長いため息をついて、ぐらぐらし始めた意識の中、「……俺」と掠れた声で呟《つぶや》く。

「俺、……オーディション、受かったんです……」

「そうなのか！　それは」

「でも！　――でも希望していた主役じゃない。準主役を与えられました。明るくて元気な人物だから、いまの俺の持ち味を生かしてほしいって……」

強く賢一郎を遮り、グラスのビールを呷る。苦みがじわじわと口腔内に広がり、知らず知らずのうちに顔をしかめていた。

「俺は、芝居については素人だけど……」

ゆったりとした口調の賢一郎が、グラスを両手で摑む。

「準主役ってすごいことじゃないのか？　きみ、いまの劇団に移ったばかりだって話していただろう。大抜擢だと思うんだが」

「俺もそう思います。でも……やっぱり主役がやりたかった……思い上がりも甚《はなは》だしいですけど、本来の俺とはまったく違う役を演じるからこそ芝居って面白いんだと思ってるんです。知らない誰かを俺自身の中に探したかった。演じてみたかった。もともとの自分に近いキャラクターでは、演じる醍醐《だいご》味が薄れるでしょう？　なのに……」

口を開くと情けない愚痴ばかりだ。自分でもだめだ、嫌だとわかっているが、肩をゆるく抱き寄せられてしまうともう抗えない。

ほんとうだったら役を与えられて大喜びするはずなのに。なんにせよ実力を認められたのだから、全力で挑みます、と言えばいいのに。

でも、元気で明るい役は以前の劇団でも十分に経験した。そして、「北極星」でも同じような役柄を求められている。これでは、役の幅が狭まってしまう。

「ほんとうに申し訳ないことしか言えないんですけど……自分とはかけ離れた役がやりたかった。カイエはそういう点でぴったりだったんです。俺の殻を壊してくれるはずだった」

「肩すかしを食らってしまった気分かな。少し、わかるよ」

「賢一郎さん……」

「俺が以前、サラリーマンをしていたことを話しただろう？　外国車のディーラー勤めをしていたんだ。店頭営業が主でね、成績はまあ、悪くなかったと思う。でも、結構大変だったよ。高級車のたぐいだから冷やかしも多いし、ぎりぎりまで粘らせておいてはいさようなら、みたいなのはわんさかいた。こっちは熱を込めてアピールしているんだけどね。そういう熱意の塊が空回りしてしまう時ってあるよな。……陽斗くんは、間違ってないよ」

「ほんとうですか？　ばかな奴だと思いませんか？　力不足なのに夢見がちだとか」

「夢は見たほうがいい。絶対。生きていくうえで必要だよ」

噛み締めるように言われたので、「たとえば？」と訊いてみた。

「賢一郎さんの夢って、なんですか」

気になって彼に寄りかかりながら顔を上げる。いまにもキスできてしまいそうな距離で、賢一郎は照れくさそうに微笑んでいる。

その素直な表情に、どくん、と胸が高鳴った。

気になる——賢一郎が気になってたまらない。カフェを一人で切り盛りできるぐらいなのだから、きっとディーラーでは一流の営業マンだったことだろう。

「たいした夢ではないんだけど……このひつじカフェが街に根付いて、常連さんがいまよりもう少し増えてくれることかな」

「いまだってたくさんお客さん来てるじゃないですか。外で待ってるひともいるぐらいだし」

「ありがたいことにね。ただ、曜日によってむらがあって、ガラガラの時も結構あるんだよ。だから、まだまだ試行錯誤中。夜パフェを始めたのも、もっとうちなりの特色が欲しいからなんだよ」

「美味しいですよね。夜のパフェって罪な味がします」

くすりと陽斗が笑うと、賢一郎は真面目な顔になる。

「……もう少し、罪なことしてみる?」

「え?」

ソファに並んで座った状態で腰を抱かれ、賢一郎の顔が迫ってくる。

「キス、してもいいかな」

熱い呼気がかかる近さで言うのはずるい。

夢見心地でなんとか頷くと、賢一郎のくちびるが強く重なってきた。前より少し切羽詰まっていて強引だ。

「……可愛いよ、陽斗くん。くるくる表情が変わるきみを見ていると俺までドキドキしてくる。きみは誰にでもこんなに無防備なのか？」

「そんな……こと、ない……っ、あ、なた、だから……」

目標としていた役から外れたという失意をやわらかに慰めてくれるような賢一郎の甘いキスに溺《おぼ》れそうだ。

ちゅ、ちゅ、と表面をついばんだあと、くちびるの表面をねろりと舌で舐めてくる賢一郎の背中にしがみつき、陽斗からもせがんだ。

「っん……」

「陽斗くん……」

この間のようにTシャツからのぞいた首筋をやんわりと食まれ、急速に熱が高ぶっていく。そのまま陽斗はソファに押し倒され、ぼうっとした意識で賢一郎を見上げた。

「あ、の……」

「嫌なことは絶対にしないと約束する。きみが欲しいんだ、陽斗くん。俺のものにしてしまいたい。男同士でそういうふうに思うのは気持ち悪い？」

穏やかに問われ、ふるふると首を横に振った。

きっと、賢一郎以外の同性に求められていたら真顔になって拒否していただろうと思う。

でも、賢一郎は違う。命の恩人だし、苦境から陽斗を救い出してくれたうえに、いまはシェルターとしての役目も担ってくれている。可愛いひつじくんを守るため精一杯のことをしている彼の心に入れてもらえたら、どんなに嬉しいだろう。

「俺、……おれ、……あなたなら……」

なにをされてもいい。

吐息の中に真実を交ぜ込んで、覆い被さってくる賢一郎を抱き締める。

クッションを頭の下に敷いてもらい、何度も抱き締められた。強い抱擁が嬉しくて、吐息も熱くなっていく。

試すように、賢一郎は陽斗の頬を撫でたり、キスしたりとゆっくりした愛撫を繰り返していたが、次第に指をTシャツの下にそろそろと潜り込ませてきた。

「っァ……」

膨《ふく》らみのない平らな胸を撫で回されて、落ち着かない。なにもない場所なのに。

「けん、いちろう、さん……そこ、俺、平ら……ですし……」

「そうかな？　じゃ、これは、なに？」

きゅっと乳首の先端を指でつままれ、じわんとした熱がそこの根元に生まれた。意地悪するみたいにくりくりと揉《も》み込まれ、引っ張られ、親指の腹で押し潰《つぶ》すようにされると、自然と腰がよじれてしまう。

「な、に、これ……っあ、っ、あ……！」

上の階ではひつじくんが寝ているだろうから、必死に自分の口を両手で塞《ふさ》ぎ、声を殺す。

Tシャツをまくり上げた賢一郎が、乳首をはむっと甘噛みしてきた。

「んん――ん、んっ」

なんだこれ、なんなんだこれ、ぴりぴりした刺激が乳首の根元から先端に向かって走り、勝手にそこが大きく膨らんでしまいそうな錯覚に襲われる。乳首を弄られるなんて生まれて初めてで、どう反応していいかわからない。

だが、身体は意思を裏切り、根元からピンとそそり勃《た》って、さらに賢一郎に噛みやすくさせてしまうみたいだ。

「ん――はァ……っあ、あ……」

「声が甘くなってきたな……陽斗くんは敏感みたいだ」

「そんな――こと、ない――……っ」

反論するものの、乳首をちゅくちゅくと音を立てて吸われてしまったら、羞恥と快感の狭間《はざま》で揺れ動いてしまうではないか。

懸命に奥歯を噛み締めて声を殺すのだが、ちゅぱ、ちゅるっ、といやらしい舌遣いが聞こえてきて陽斗は身悶《みもだ》える。

「や、やだ、……あ、まり、吸ったら……」

「吸ったら？」

「おおきく、なっちゃう、から……いや、です……」

「いいな、そういうのも。俺だけの証を残したいよ。きみのここをもっと大きくして、ぷくんと尖らせてTシャツの上からでもわかるぐらいにしたら……みんな、陽斗くんに恋人ができたって勘違いして色目を使わなくなるかな？」

「み、みんな？　って誰……」

「お客さんのことだよ」

熱心に乳首を吸いながらも賢一郎はむくりと頭をもたげる陽斗の下肢をジーンズ越しにそろっと撫でる。そのやさしい感触だけでイってしまいそうだ。

「あ……！」

「うちでバイトしてくれるようになってから、お客さんが増えたんだよ。そのほとんどがたぶん

きみ目当てだってわかってる？」

「わ、わ、かなんな、い、そんな……の、あ、ん、やだ、やぁ、噛んだらだめって……！」

そんなの、ほんとうにわからなかった。

「金曜と土曜以外のお客さんでも、『陽斗くんはいないの？』ってひと、多いんだよ。だから、俺としては複雑。いつ誰にきみを取られやしないかと冷や冷やしてるんだ」

「そんな」

嫉妬めいた言葉がにわかには信じられない。

だけど、ほんとうにそうなのだろうか。

こんな自分でもお目当てにしてくれるひとがいるのだろうか。それは役者として嬉しいけれど、欲しかった役は遠ざかってしまった。

いまの自分は笑わなきゃいけない。準主役という晴れがましい大役を与えられて喜ばなきゃいけないはずなのに、賢一郎が与えてくれる快感に溺れるふりをして現実から目を背けている。

「……っ」

不意に目元がじわっと熱くなって、陽斗はひくんと喉を鳴らした。

そのことに賢一郎も気づいたらしい。

身体を起こし、「どうした？」と顔をのぞき込んできた。そして、驚いたように陽斗の目縁《まぶち》をひと差し指で拭ってくれる。

「無理やりだったかな。ごめん、調子に乗って」

「そう、じゃないです。違います、俺が……考えなしで」

熱いしずくがこめかみを伝い落ちていく。泣いてしまうほど悔しがっている自分に気づき、ぐっとくちびるを噛み締めた。

こんなにも、こんなにも、自分は卑小なのだ。

授かった幸運を素直に受け止められず、ないものねだりをするなんて子どもにもほどがある。

ひつじくんのほうがよっぽどまっすぐだ。

「すみません……」

興《きょう》を削《そ》いでしまったことに掠れた声で詫《わ》びると、賢一郎は乱れたTシャツを直してくれ、陽斗を抱き起こす。そして、慰めるようにぽんぽんと背中を叩いてきた。

「俺こそ性急すぎた。弱っているきみにつけ込んでしまってごめん」

「違います！　それは――俺だって……」

嫌じゃなかった。むしろ快感に流されそうなほどだった。だが、寸前で理性が囁《ささや》いたのだ。

――逃げるのか、と。

目の前のことから目を逸らして、賢一郎に甘えきってしまうのはさぞかし心地好いだろうが、どこか間違っている気がする。

なんの解決にもならないし、第一、賢一郎を利用しているみたいで嫌だ。

「ごめんなさい、ほんとうに俺、ばかだ」

「あまり思い詰めるなよ。陽斗くんはただちょっと混乱しているだけだ。……ほんとうに主役が獲《と》りたかったんだね」

こくりと頷く陽斗を賢一郎はぎゅっと抱き締め、「大丈夫」と耳元で呟く。

「どんなことでもきみの肥《こ》やしになるはずだ。いつか舞台の真ん中でスポットライトを浴びる日のために、いまはいろんな経験が必要なんだよ。きっと。俺は、陽斗くんが魅力的なトワロを演じられると信じてる」

「どうして……？　どうしてそこまでやさしくしてくれるんですか」

出会った時から賢一郎はとびきりやさしくて親切で、さまざまなものを陽斗に分け与えてくれた。もちろん、心から感謝している。

でも、自分はただ若いだけの無謀な夢を追っている男なのに。賢一郎は単なる物好きで、暇潰しに手を出しているのだろうか。

失礼なことを一瞬でも考えてしまう自分を恥じていると、髪をそっと引っ張られた。

「夢に向かって一生懸命なきみを見ていると俺まで励まされるんだ。だから、触れてみたかった。

「……キスも」

そう言って、賢一郎は甘いキスを頬に残す。ふわりと温かな熱がそこに宿り、陽斗をほっとさせる。どうにかなってしまいそうな先ほどの欲情とはまったく違う、陽斗自身を包み込んでくれるような温かさだ。

「今日はひつじの隣で寝ていく？　もう遅いし」

「あ……」

そうしたいのは山々だが、これ以上情けない真似をして賢一郎を惑わせたくない。

「今日は……家に帰ります。ちゃんと寝て、切り替えて、また明日バイト、来ます」

「だったら家まで送ろうか？」

お願いします、とつい言いそうになってしまったのを必死に堪《こら》えた。

だめだ。ひつじくんを一人にするのはいけない。それに、家までついてきてもらったら、また理性のたがが緩んで、彼に縋《すが》り付いてしまうに違いない。

無様なところをこれ以上晒さないためにも、陽斗は深く深く息を吸い込んで立ち上がった。

「帰り、ますね。ほんとうにすみません。明日までに頭冷やしてきます」

「うん……でも、無理はするなよ。つらかったら一人で抱え込まないで。俺でよかったら力になりたい」

戸口まで見送ってくれる長身の賢一郎を振り返り、陽斗は喉でつっかえている熱い塊をなんとか呑み込む。

「ありがとうございます。また……明日」

「うん、また明日。なにかあったらいつでも電話しておいで」

最後までやさしい言葉をかけてくれる賢一郎に一礼し、陽斗は駆け出した。

なんてみっともない。

なんて格好悪いことか。

自分の底の浅さをまざまざと見せつけられた気がして、夜の街を駆ける足は止まらなかった。

しばらく落ち着かない日々が続いた。

平たく言えば、心の拠り所を見失ったのだ。

ひつじカフェのバイトは続けていたけれども、無様なところを晒してしまった賢一郎とはうまく話せず、客に対しては営業用スマイルでなんとか乗り切った。

だけど、そういうことに敏感な子が一人いた。

「ねえねえ、はるちゃん」

あれから二週間が経ち、そろそろ「北極星」でも芝居の本格的な稽古が始まろうとしていた時だった。土曜日、ひつじカフェでのバイトを終えたら稽古場に直行する予定の陽斗は、ランチタイムが終了したあとの休憩時間に店内を掃除していると、二階から下りてきたひつじくんにエプロンの裾を引っ張られた。

「あ、ひつじくん。どうしたの？　お腹空いた？」

「ううん、さっきけんちゃんにちゃーはんつくってもらったから」

「そっか……美味しかった？」

「うん、すっごく」

賢一郎に懐いていることがよくわかる言葉に、陽斗はぎこちなく笑う。

「ねぇ、はるちゃん、なんでげんきないの」

「……え」

「かぜ、ひいたの？　つかれた？」

土曜のひつじくんは保育園がお休みらしく、上の階でずっと絵本を読んでいたようだ。真っ赤なTシャツに青い車のプリントがしてあって、下は青い半ズボン。いかにも夏の子どもらしい格好だ。

「はるちゃん、げんきないよね」

もう一度確かめるように言われて、手を伸ばされた。その手がダスターを摑んでいる自分の手に比べるとあまりにちいさくて、思わず摑んでしまう。あったかい。天使の手だ。

周りに自分たちしかいない。賢一郎は店の外を掃除しているようだ。

陽斗はあたりを見回して床に膝をつき、ひつじくんをそっと抱き締めた。

「ごめん……心配かけて」

「はるちゃん」

ふわふわした塊を抱き締めているだけで心の波が鎮まっていく。ここのところずっと分厚い雲で覆われた気分だったが、ひつじくんの甘い香りを嗅いでいるだけで幸せだ。

「はるちゃん、ひつじくんがぎゅってしてあげるね」

そう言うと、ひつじくんは幼い身体全部を使って抱きついてきた。こっちのほうが守らなければいけない立場なのに、わずか三歳の子に気遣われるなんて恥ずかしい。

こんな状態ではもっと大人の賢一郎から見たらどうなのだろう。目を覆うぐらいに強張っているのではないか。

役者失格だな、と歯嚙みするものの、ひつじくんを離せない。

ふかふかの最高級のマシュマロみたいだ。

「ひつじくん……あったかいね」

「あっつい？」

「ううん、ひつじくんがいてくれてよかった」

「げんき、でた？」

「んー……もうちょっとこうしていたい」

ひつじくんの頬に頭を擦り付けると、そうっとそうっと髪を撫でられる。

きっと、賢一郎によく撫でてもらっているのだろう。愛されていることがじんわりと伝わってくる仕草に柄にもなく胸が熱くなり、ひつじくんをかき抱いた。

「ごめん、俺、めげてるよね」

「かぜ？　ほいくえんでもかぜのこいるよ」

「……うん、そうかも。心がかぜを引いてるのかも」

「こころ……」

呟いて、ひつじくんは自ら頭を寄せてくる。

「こころって、なに？」

「はは」

こういうところがまだ三歳児だなと愛らしくて仕方がない。陽斗は自分の左胸をとんとんと指さし、「ここがちょっと痛いんだ」と言う。

「むねがいたいの？」

「そう。なんていうか、胸の奥のほうがきゅっと引き攣れる感じ。……で伝わる？」

「うん……たぶん」

わかったようなわからないような顔をしているが、ひつじくんは真面目に手を陽斗の胸にあてがう。

「じゃあね、ひつじくんがなおしてあげるね」

「ほんと？　お願いします」

「いたいのいたいの、とんでけー！　……ね、なおった？」

黒目がちの瞳が真正面からじいっと素直にのぞき込んでくる。

きっとひつじくんは保育園でも大人気だろう。男子から頼られて、おませな女子からは好意を持たれているところが容易に想像できる。

だってこんなやさしい子、見たことがない。

「……治った！」

治ってなくてもひつじくんの案じる声には頷いてしまう。

心配してくれるその気持ちが嬉しいから、陽斗は声を弾ませてひつじくんにすりすりした。

「すごいね、ひつじくん。お医者さんになれる」

「えー、やだぁ。おいしゃさん、ちゅうしゃするもん」

えへへと笑ってひつじくんがなおも「ねえねえ」と顔を近づけてきた。

「はるちゃん、にかいにきて？」

「二階？　どうしたの？」

「あのね、こんどのげきのことではなしたいの」

「あ、『桃太郎』のことか。いいよ。でも、ひつじくんちに勝手に上がっていいのかな……」

「いいの」

さすがは三歳児、強い。ではお邪魔します、と呟いて、陽斗はひつじくんに手を引かれるままカウンターの内側から続いている階段を上っていく。二階がひつじくんや賢一郎たちの住居であることはもちろん知っていたが、上がるのは初めてだ。

古びた階段はぎしぎし軋《きし》むが、よく掃除してある。賢一郎が綺麗好きなのだろう。

木目とグリーンを生かしたお洒落《しゃれ》な一階のカフェとは違い、二階はなんとも暖かな色合いでまとめられていた。

通された居間の壁紙はふんわりしたベージュ、ソファは黄色、クッションはブルーとホワイトの爽《さわ》やかなストライプだ。季節に合わせてインテリアをチェンジしているのだろう。万年代わり映えしない畳の狭い自室とは大違いだ。

壁に飾ってあるクレヨン画に目を留め、「これはひつじくんが描いたの？」と訊いてみた。

男のひと、女のひと、そして真ん中に挟まれたちいさな子。動物を描いた絵も多いが、なかでももこもこした羊はとくに多い。

「それはね、ままとけんちゃん」

「ママ……」

身体が弱くて亡くなったというひつじくんのお母さんのことか。

ひつじくんは幼くして、母が他界したということを理解しているのだろうか。

自然と案じる目に気づいたのか、ひつじくんは傍らに立ち、あのね、と絵を指す。

「ままはね、いま、くものうえにいて、ひつじくんたちをみてるんだって」

「そうなんだ……誰からそう教わったの？」

「けんちゃん。だからひつじくん、くもがでてるひ、だいすきなんだ」

賢一郎がどんな言葉でどんなふうにひつじくんを納得させたのか、想像しただけでも胸が痛い。

自分だってこんなにちいさな頃に親を亡くしたら、心細くて、訳がわからなくて混乱してしまうだろう。そういえば、ひつじくんの父はどうしたのだろう。プライベートなことだけど、もし今度機会があったら訊いてみたい。

「いまはね、けんちゃんがいるからだいじょうぶだよ。まいばんやくそくしてくれる」

陽斗に言い聞かせるような言葉が逆に寂しい。ひつじくんがほんとうの孤独を感じないように、賢一郎はきっと言い聞かせているはずだ。

『俺がいるよ』

『ずっと？』

『ひつじのそばには俺がいる』

『ぜったいに？』

『ずっと。絶対に。約束する』

そんな言葉を交わしてひつじくんはやっと眠りに就《つ》くのだろう。小指と小指を絡めて、賢一郎はひつじくんの寝顔を見守りながら。

賢一郎の愛情深さがどこに端を発しているのかまだ知らないが、自分にこんなにも親切なのだから、ひつじくんは目に入れても痛くない存在だろう。

訊いてみたい。なぜこんなにひつじくんを愛するのか。そして、自分までも大切にしてくれようとするのか。

「あのねぇ、おにがしまのおになんだけど、やっぱりひつじくんがわーってあばれてもあんまりこわくないんだって。どうすればいい？　さみしいおにはむずかしかったんだ」

ソファに隣同士に座って、ひつじくんが困った顔で見上げてくる。

「ごめん、俺のアドバイスがうまくなくて。いつもどうやってるの？」

「……やるの？」

「うん、俺に見せてみて」

「えー……はずかしい……」

三百六十五日×三年という短さでも、恥ずかしいという気持ちはもう養っているのだ。なんだかすごいなと感動していると、ひつじくんは決心したようにこくんと頷き、ほっぺを真っ赤にして陽斗の前に立つ。

「がおーっ、わおーっ、おまえたち、このしまに、なにしにきたぁ――っ」

両手を上げて、床を踏み締めて。精一杯威嚇《いかく》しているのだろうが、まるでちっちゃなテディベアが人間にいたずらを仕掛けにやってきたように見えるから、陽斗は噴き出さないようにするのに必死だ。

なんて可愛く、愛らしい鬼なんだろう。ひつじくんの中の怖い鬼、というのはこんな感じなのだろう。きっと、成長しても素敵な思いやりのある男性になるに違いない。

「こわい？」

「うーん、ちょっとだけ怖くないかな？」

「そっか……どうしよう。ひつじくん、がんばってるんだけど……」

しょんぼりと肩を落とすひつじくんの両肩を摑み、「じゃあね」とアドバイスしてみる。

「こう、下から睨み付けるようにしてみて？　肩も丸めて、首を竦めて、ドスッドスッと歩いてみて。で、できるだけ低い声で、『おまえたち、なにしにきた』って言ってごらん」

「うん！　え、と、……お、おまえたち、……なにしに、きた」

陽斗の言葉に従い、ドスを利かせた声のひつじくんが身体を丸め、肩を怒らせる。さっきのテディベアとは違い、小鬼にまで一気にレベルアップしたようだ。

「いいね、うまいうまい。そんな感じ。わーって騒いでもあまり怖くないから、一つ一つの台詞をゆっくり、できるだけおどろおどろしく言ってみて。きっとすごく怖くなれると思う」

「……ほんと？」

ぎろっと睨んでくるひつじくんに、陽斗は笑顔で頷く。やっぱり頭をくしゃくしゃしたくなるほど可愛い。

「うー、うー……おれは、こわいおに、なんだぞ……」

「そうそう、その調子。歩き方ものっそりしてみて。身体が重たい感じを出してみて」

「うおー……」

真剣に、熱心に演じているその姿を見ていると、自分の中の歪みが少しずつなだめられていくようだった。

ひつじくんはこんなにも正直に役に向き合っているのに、自分と来たらどうだろう。

主役であることに固執して、せっかく与えられた準主役から目を背けている。

舞台に立つことだけを夢見て上京した頃よりずっと傲慢《ごうまん》になっているのではないか。前の劇団は解散してしまったものの、そこでの実力を買ってもらえたから「北極星」にも入団できたという驕《おご》りがいつの間にか胸に生まれていたのではないか。

――あんなに頑張ったんだから、主役をもらえても当然じゃないか、と。

だが、冷静に外側から見た時、自分はまだまだそこまでの役者ではないのだ。せいぜい三番手ぐらいが関の山なのに、今回の準主役は正直破格の扱いではないかと思う。

主宰の金井だって期待してくれているのに。

自分を過信していることに気づき、じわじわと頬が熱くなってくる。

ひつじくんの素直さを見習いたい。たくさん台詞が喋れなくても、ライトが当たらなくても、自分の役割が舞台にあるはずだ。一人芝居ならともかく、大勢で創り上げる芝居なら、台詞が一つ二つの端役だって重要だ。その人物の仕草如何によって、芝居のリズムがよくも悪くもなるのだから。

虚栄心と自信過剰が入り交じっていることを恥じながら、しばしひつじくんの稽古に付き合ってあげていると、戸口から賢一郎がひょっこりのぞき込んでいることに気づいた。

「や、ごめん、二人でなにしてるのかなって気になって」

「あ、すみません、勝手に上がってしまって……」

つたない演技指導を見られたかと思うと頬が火照る。

「ビデオに撮っておきたいぐらいだった。九月の最初のほうにお遊戯会があるから、一緒に行こう。みんなわちゃわちゃしていて楽しいよ」

「嬉しいです。俺、ちっちゃい子好きだし。たまにスーパーで着ぐるみ着て客寄せパンダになるんですよ」

「ぱんだ？　はるちゃん、ぱんだにもなれるの？」

目をきらっと輝かせたひつじくんを抱き上げて「なれるよ」と笑いかけた。

「すっごくすっごく可愛いパンダさんだって言われるよ」

「えー、みたいみたい。はるちゃんぱんだにぎゅってされたい」

「ぎゅー！」

こんな感じ、と付け足して、陽斗はひつじくんを抱き締める。手足をばたつかせて喜ぶひつじくんと陽斗に、賢一郎が「二人とも、下でランチ食べないか」と誘ってくれた。

「ひつじはさっきチャーハンを食べたから、プリンかアイスはどうだ」

「じゃあね、あいす！　いちごの！」

「オッケー。陽斗くんもチャーハン、ぱぱっと作ってあげるから」

「いつもすみません。助かります」

ひつじカフェでのバイトでは、日当の他にも昼と夜のまかないが出るのがありがたい。食べさせてもらえるだけでもほんとうに助かるので日当はいらないです、と言ったのだが、賢一郎は、「ちゃんと働いてもらってるありがたみを受け取って」と返してきた。

「陽斗くんのおかげでずいぶん俺も働きやすくなったんだし。俺のほうこそお礼がしたいぐらいなんだから」

そこまで言われると、頑として受け取らないのは子どもっぽいから、ありがたくちょうだいしている。

三人でカフェに下りると、賢一郎はもうチャーハンの具材を用意していたようだ。

溶き卵、ほうれん草。それにハムとごはん。

「ソファに座ってて」

「ううん、ここがいい」

ひつじくんがカウンター席を指すので、陽斗はよいしょと持ち上げて座らせる。背の高い椅子なのだが、背もたれがついているし、陽斗が隣にいるので大丈夫だろう。

「けんちゃんがごはんつくってるとこ、みたい」

「毎日見てるだろ」

「でも、みたいの」

ほんとうに仲のいい親子みたいで微笑ましい。

賢一郎は手際よくチャーハン作りに取りかかった。黄色の卵をふんわりと炒めて一回皿に上げ、今度はごはんを炒める。塩胡椒をぱらっとちりばめる仕草はシェフそのものだ。そこに卵を戻してハムを加え、最後にほうれん草を混ぜ込む。

「あれやって！　あれ！」

ひつじくんが楽しそうに身を乗り出してリクエストする。

「これか？　よっと」

フライパンの柄をしっかり摑んで、賢一郎は大きくごはんを宙でひっくり返す。

「すごい！　テレビでしか見たことないです」

「慣れだよ慣れ。じゃあ、もう一度、っほい！」

「わー！　ね、ね、ひつじくんにもいつかやらせて？　おしえて？」

「任せろ。とびっきり美味しいチャーハンの作り方教えてやる。さあ、できあがり」

皿に綺麗に盛り付けたチャーハンをカウンター越しに出された。前もって用意されていたわかめスープとトマトサラダも一緒に。トマトには爽やかな緑の大葉が細切りにして載っていて、目にも鮮やかだ。

「熱いうちに食べて。ひつじはいちごアイスだったな。はい、どうぞ」

「わーい」

ガラスの器に丸く盛られたピンクのアイスに、ひつじくんは大喜びだ。このアイスは業務用らしいが、すごく美味しいことは陽斗ももう知っている。ミルクといちごの果実がたっぷり入っていて、甘くとろりとした癖になる味わいだ。

「陽斗くんにも、あとでアイスな」

「はい！　いただきます」

「いっただきまーす」

ひつじくんと声をそろえ、スプーンを手にする。それぞれに一口ずつ頬張り、思わず顔を見合わせた。

「うっまい……！」

「おいしいね……！」

ほんとうに美味しいものを口にした時、ひとは嘘偽りなく笑顔になってしまう。そのことをひつじカフェで学んだ。しかも空腹であればなおさらだ。

熱々のチャーハンを嚙み締め、合間にわかめスープを飲む。甘くて新鮮なトマトサラダも。大葉がいいアクセントになっていて、いくらでも食べられそうだ。夏野菜ではトマトが一番好きなので、食が進む。

隣ではひつじくんがぺろっとアイスを平らげ、満足そうだ。陽斗がチャーハンを一匙すくって差し向けると、はむっと食いついてきた。

「餌付け成功だな」

「ですね」

三人で笑い合っていると、ひつじくんが「ねえねえ」と顔をのぞき込んできた。

「はるちゃんもおしばいやるんでしょ？　どんなの？」

「え、っと、ええと……友だち思いのいい奴かな。すごく情が厚くて義理堅い。純粋でもあるかな」

「ぎり、がたい……」

三歳には難い言葉だったらしい。考え込んでいるひつじくんに、賢一郎が、「約束をちゃんと守るひとってことだよ」と付け加えている。

「そっか。はるちゃん、いいひと……なんだね？」

「うーん、俺がいいひとかどうかはわからないけど」

問いかけに苦笑して、「でも」と皿に残ったチャーハンをスプーンでかき集める。

「ひとを疑わず、いつも笑顔で、友だちを守ろうとする奴だよ。その友だちが変わっていってしまっても、自分だけは最後まで信じる……って言いきれるぐらい。ひつじくん、そういう友だちいる？」

「いる！　ゆうくん！　うんどうかいのかけっこして、いっしょに、いちいになったんだよ」

「いいなぁ。大事な友だちだね」

大事だと即答できる友だちが三歳児にしてもういるということが素直に羨《うらや》ましい。誰でも子どもの頃はこうなのだろうか。自分でも忘れてしまったぐらいの幼い頃は、ひつじくんのように朗らかに、無邪気にひとを信じ、甘えて、受け入れる包容力があったかどうか。

いや、やっぱりひつじくんは特別だ。賢一郎の底なしの愛情を受け止めて育ってきたからこそ、ここまで綺麗に育ってきたのだ。

「俺もひつじくんの友だちになりたいな」

「え？」

不意に漏らした言葉にひつじくんが目を丸くする。さすがに二十一歳の男の言うことではなかったかと顔を赤らめていると、ひつじくんから身体を擦り寄せてきた。

「はるちゃんは、もうひつじくんのともだちだよ」

「ほんと？」

「うん、だってひつじくん、さいしょからはるちゃんがすきだもん」

腹を空かしてカフェにやってきた最初から。

いいなぁ、いい子だなぁと不覚にも涙ぐんでしまいそうだ。

ひつじくんや賢一郎に触れていると、ねじれていた心がゆるりとやわらかに解けていく気がする。なにをそんなにむきになっているんだ、もっといまを楽しもうよ、とやさしく言われているような。

上昇志向が強いのは舞台人として大切だが、行きすぎると己を潰してしまう。

まだなのか、もうなのかわからないが、自分はいま二十一歳。発展途上中なのだから、さまざまなことを経験したほうがいい。悔しさも嬉しさも、挫折も成功も、徒労感も中途半端な感じも、きっといずれ自分自身を支える大切な骨になってくれるはずだ。

「はるちゃんのやく、みせて?」

「ここで?」

「ここで」

リクエストされてしまって、陽斗は賢一郎のほうを見ると、皿を下げていた彼も「俺も見たい」と笑顔を向けてきた。

「陽斗くんの熱い友情、観てみたいな」

「え、えー、いや、恥ずかしいけど……でも、……じゃあ、ちょっと、だけ」

オーディション時にトワロ役の台詞も渡されていたので、頭には入っている。ただ、テスト時に演じたのは主役のカイエだし、ヨナもトワロもカイエを理解するうえで自宅でさらりとおさらいしただけなのだが。

だから、いまここでトワロをやるというのはぶっつけ本番に近い。

舞台はそんなものだ。幕が上がったら、最後の台詞を口にするまでが勝負だ。

「……よし」

自分に気合を入れて、陽斗は席を立つ。そして数歩下がって場所を取ると、まずは親友のカイエに話しかける場面から演じることにした。

親しみを込めて、知己《ちこ》の友人にやさしく話しかける雰囲気を大切にして。

「やあ、カイエ。ここで会うなんて偶然だね。僕からきみの家に行こうと思っていたんだよ」

たったいくつかの台詞なのだが、賢一郎たちに観られていることを意識して、陽斗はいつになく丁寧に演じた。

ここは紛れもなく舞台。観客は二人っきりだけど、熱心に観てくれている。

「森に行く？　もちろん！　じゃあ、なにか食べるものも持っていこうか。ふふっ、二人で冒険だね」

「……カイエ、カイエ、どうしたんだ？　なんだかとてもつらそうだ。僕にできることはないか？　医者を呼ぼうか？　熱は……ないか。手がひんやりしているね。どうしたんだろう、心配だな……」

「最近のきみは僕をよく見ているね。……どうかした？　僕になにか話したいことがあるのかい？」

一つ一つの台詞に思いを込めて、軽い仕草も交えて陽斗はトワロを演じる。

自分の中にあったカイエに向かって語りかけるようにしたせいか、思っていた以上に話しやすい。

そのことがひつじくんと賢一郎にも伝わったのだろう。十に満たない台詞を喋りきった最後にお辞儀をすると拍手が贈られた。

「すごい！　はるちゃんべつのひとみたい……！」

「ほんとうにすごいな。カイエを案じている友人という役がとてもよく伝わってきたよ。陽斗くんのはまり役になるんじゃないのか？」

「そんな、いや、……ちゃんとやってみたのってこれが初めてですし。全然荒削りもいいところです」

「もっかい、もっかいやって。かいえ、ってこをしんぱいするとこ、もっかいやって」

よほど気に入ったのか、ひつじくんは熱心に求めてくれる。

「俺は森に入っていくところをもう一回観たいな」

賢一郎までそう言うので、「いやいやいや」と一度は手を振ったのだが「もう一回、もう一回」と声をそろえられてしまい、最後は笑ってしまった。

「二人とも、乗せ上手ですね」

「だってはるちゃん、かっこいい。ひつじくんもやってみたい」

「うわ、ほんとうに？」

そこまで言われるとは役者冥利《みょうり》に尽きる。自分なりのトワロが、ひつじくんたちの胸を揺らしたという証拠だ。

そこで、賢一郎が差し出してくれた水を一杯飲み、「じゃあ……」と陽斗は頷く。

「今度はもう少し穏やかにやってみるね。いろいろな方向性を探してみたいから」

「うん！　そしたら、またべつのもやって？」

「だったら、その次は悲劇寄りというのはどうかな？」

「いいですね。やってみます」

彼らのアドバイスに従って、陽斗はアドリブも交えてその後二回、役の雰囲気を変えて演じてみせた。手つきや表情はもちろんのこと、声の出し方やまなざしも変えて、やさしいトワロ、そしてカイエの悲しみに巻き込まれていくトワロも演じてみた。

演じれば演じるほど、トワロという役が身体の中に染み込んでいくようだった。

同じ台詞でも、感情の乗せ方次第でまったくの別人になる。

当たり前のように知っていたはずなのに、まっさらな状態で観てくれる賢一郎たちのおかげで、そのことを改めて実感できるのが嬉しかった。

コメディっぽくも演じたり、暑苦しいまでの熱い友情を持ってみたりもし、都合五回のトワロを観せたところで、陽斗は深く息を吸い込んで、「ありがとうございました」と頭を下げた。冷房が効いている店内なのに、汗びっしょりだ。

「ありがとう！　ほんとうにいいものを観られたよ」

「はるちゃん、すごいね！　すっごくおもしろかった！」

惜しみない拍手をもらって、陽斗は心からの笑みを浮かべた。

こんなに爽快な気分になったのは久しぶり――いや、初めてかもしれない。

いままでは与えられた役をこなすのに必死で、どこか余裕がなかった。幕が下りるまで心配で、不安で、だけどそれを気取られないように仮面をかぶってきたつもりだが、いまこうしてひつじくんと賢一郎の観ている前でトワロを演じたことで、『何者かになりきる』という感覚が初めてわかった気がするのだ。

なりきる――それが役者として一番大切な感覚かもしれない。

上手に台詞を言おうとするよりも、大げさな身振り手振りで話すよりも、心から生まれる自然な感情に寄り添った言葉を口にする、それが舞台人ではないだろうか。

数多くの仮面を持ち、演じ分けるには、もっともっと人生経験が必要だろうが、いまやってみたことに陽斗自身も納得していた。

ただ功名心だけでカイエを演じたいと願っていた時よりも、そんなカイエを支えたいという気持ちを守っていくトワロのほうが、ずっと自分にしっくり来る。調子がいいかなと笑いたくなるが、主宰の金井に感謝したい。きっと、これならやれそうだ。

「……ありがとうございます。二人のおかげで、なんだか摑めそうです」

「ほんとうに素敵だったよ。一人芝居を観ている気分だった。陽斗くんには天性の磁力があるんだな。どういう顔をしていても惹き付けられる」

「もう、褒めすぎです」

照れて頭をかいていると、お腹一杯になったあとはしゃいで疲れたのか、ひつじくんが隣でこっくりこっくり首を揺らしている。

「ああ、昼寝の時間を過ぎていたな。よし、ひつじ、上で少しねんねしよう」

「んー……」

だっこ、と両手を伸ばすひつじくんを抱き上げ、賢一郎は軽く片目を瞑って、「ちょっと待っててくれ」と言い残して急いで二階へと上がっていく。

残された陽斗は、都合五回演じたトワロを反芻《はんすう》し、あそこをこうしたらとか、ここはひねりを加えたほうがとか、あれこれ思惟《しい》をめぐらせていた。

もっと、可能性がある。もっといろんな方向へ進んでいける。不思議とそんなふうに力が湧いてきて、自分でも可笑しかったがひどく嬉しい。

「頑張ろう……」

そうだ、頑張ろう。自分にできることはそれだけだ。

上京したての頃の心に戻って、ただがむしゃらに、情熱を持って演じてみよう。役は与えてもらったのだ。それが希望していなかった配役だとしても、板に上がれるだけで嬉しいと感じていた頃に時計の針を戻して。

血気盛んで前向きなだけが取り柄の自分なのに、ここ最近は惑ってばかりだった。心のコンパスを見失ったみたいだった。だが、ひつじカフェにたどり着いたことで——賢一郎とひつじくんに出会えたことで、進路がまっすぐ正面に直ったみたいだ。

なにも怖がることはないし、怯えることもない。金井が言ってくれたように、いまは自分が素直にやれる役を目一杯やり抜けばいいだけだ。

うん、と一つ頷いていると、階段を下りてくる音がする。

顔を上げると、賢一郎だ。

「ひつじくん、寝ましたか？」

「うん、布団に横たえたら秒で」

くすりと笑い、まだ汗をかいている陽斗に気づいた賢一郎が、氷をぎっしり詰めた水のグラスを差し出してくれた。

「お疲れ様でした。生の演技なんて初めて観たよ。感動した」

「いえいえ、お粗末様でした」

澄んだ水を美味しく飲み、これも賢一郎から受け取ったタオルで汗ばんだ額《ひたい》を拭う。身体中火照っているが、心は軽い。稽古場でかく汗よりもずっと気持ちがいい。

「俺のほうこそありがとうございます。やっと、客観的に受け止められる感じがします。せっかくの大役を喜ばないなんてだめですよね」

「わかるよ、その気持ち。期待が大きくて、現実が追いついていかない時にちょっとしょげるよな」

「賢一郎さんでもそんなことあります？」

「あるある。もう毎日。今日は頑張ったランチメニューだって朝から張りきってるのに、そういう日に限って全然お客さんが来ないとか。カーディーラー時代にもそうだったよ。売れる、って手応えは感じているのに、寸前で他社に心変わりされてしまうとかね。ディーラー時代はノルマがあったから、いまよりもっときつかったな」

そう言うわりには賢一郎は余裕がある笑みだ。これも、大人の証拠だろう。

彼はカウンターの中から出てきて、隣に腰掛ける。温かい熱を感じ取って、ふわりと顔が赤くなる。もう、こんな症状は何度目だろう。賢一郎のそばにいると心から落ち着くのに、反面どうしようもなく胸騒ぎもする。

「あ、あの」

ぎくしゃくしてしまう自分が嫌で、無理やり話題を変えてしまうことにした。必要以上に賢一郎の温かさに頼ってしまいそうで。

「あの……いまさらなんですけど、賢一郎さんって、彼女いないいんですか？」

「うん、いない」

けろっと答えられて、「嘘だ」と反射的に返してしまった。

「そんなに格好良くてやさしいのに、彼女の一人や二人」

「もし彼女がいたら一人」

「……いまのは言葉のあやです。でも、お付き合いしていたひとはいましたよね？　絶対に」

「なんだろう、なんか問い詰められてる気がするな」

苦笑する賢一郎が口元をほころばせる。

「いやほんとうにこの数年はいないいんだよ。姉からひつじを託されたこともあって、今後を考える必要があったからね。その頃俺はカーディーラーとしての自分の未来があまり上手に思い描けなくて……。いまはちょっと車が落ち込んでいる時代でもあるしね。だから、仕事しながら夜間の調理学校に通って調理師としての免許を取ることもしていたかな。きみもそのうちわかると思うけど、男は三十代前後でちょっと悩むよ」

「そう、なんだ……」

三十になるまでにまだ九年もあって、賢一郎と同じ年になるまでには十二年もの日々が必要になる。そう考えるとにわかに焦りが募り、なにか余計なことを言い出しかねないので、ぐっと我慢してくちびるを噛み締めた。

「でも、すごいですよね、結局こうしてカフェを成功させちゃうんだし。賢一郎さん、やり手です」

「そんなことないって。本来は一つのことを突き詰めるのが精一杯だから不器用なほうだと思うよ。ディーラーと調理学校を両立してた時もつねに睡眠不足だったしさ。昼間、居眠りしないようにしょっちゅう自分の手をつねってた」

眠気を堪えて自分の手の甲を痛いぐらいに指でつねる賢一郎を想像してくすっと笑う。なんだか可愛い。

大人の余裕と色気を発するひとだと思っていたが、話しているうちにだんだんと素顔が見えてきて、一回りも上なのに、めちゃくちゃ可愛いところもあるんだなと微笑ましくなってしまうのだ。

「そうこうしているうちに本気で姉の病状が悪化してね。……もともと心臓が悪かったこともあって入退院を繰り返していたんだ。俺は死に物狂いでひつじカフェのオープンまでこぎ着けた。仮オープンで身内だけを招いたんだけど、余命幾ばくもない姉が特別に外出許可をもらって、その日数時間だけはここに来てくれたんだ」

懐かしそうな目で店の中をぐるりと見回す賢一郎は、「そこのソファに座って、ひつじを抱き締めていた」と言う。

「その数週間後かな、……亡くなった。薬が効いていてあまり痛みのない最期《さいご》だったようで、穏やかな顔をしていたよ。それだけは救いだった。ひつじはまだ理解できてなくて、ずっと俺に抱きついて姉を見下ろしていた」

「その場にご両親もいらしてたんですか……？」

「あ、そういえば言ってなかったな。俺と姉は幼い頃に両親を交通事故で亡くして、親戚の家で育てられてきたんだ。だけど、とてもいいひとたちで、お互いひねくれずに育つことができた。前にも言ったけどそのひとが不動産業を営んでいて、裕福でね。ひつじカフェの基礎になった家も難なく預けてくれたし、オープンにも来てくれた。いまもたまに店に顔を見せてくれるよ」

ふと息を吐いて、賢一郎は何気なく陽斗のグラスを摑み、口をつける。

重みのある過去を打ち明けてくれている場なのだが、そんな甘い仕草で間接キスをしてるんだ、と思ったらじわじわと胸が温かい。

喜びも悲しみもきちんとその胸で受け止めて、賢一郎は丁寧に嚙み砕いているのだ。

焦らず、じっくりと。だから、こんなにも好ましいひとなのだ。

同じ男としても憧れるし、ときめきすら感じる。こんなふうになれたらなと思うと同時に、もっとこのひとの近くにいたい、寄り添いたいと。

「もう一つ。ひつじの父親はいることにはいるんだけどね、姉のことを大切にしてくれていたんだが、もともと仕事一直線のひとであまり子どもが好きじゃなくてさ。ひつじが生まれた直後から家に寄りつかなくなってしまって、残念ながら破局」

「そんな……あんなに可愛いのに」

「だろ?　俺もそう思う。ひつじは世界一可愛い」

胸を張る賢一郎が頼もしい。

「だから、離婚は正解だったんだよ。ずるずる続けて揉めながら嫌な空気の中で育つよりも、早めに新しい環境に移したほうがいいって身内でも話し合ってね。いつかひつじがほんとうのことを知る日が来るとも思うけど、俺は誠心誠意答えようと思ってる。いま俺に懐いてくれているのは幸いだよ」

「ひつじくんにしたら、ほんとうに素敵な叔父さんなんだと思います。たとえ……じつの父親でなかったとしても、賢一郎さんにあそこまで大事にされたら誰だってメロメロになりますよ」

「メロメロかぁ……」

ちょっと可笑しそうに肩を竦め、「じゃあ」と賢一郎は振り向く。その目が危ういまでに煌めいていた。

「陽斗くん。真剣に、俺との付き合いを考えてくれないか?」

思ってもみない言葉に、ほんとうに息が止まった。

付き合う?

賢一郎と?

男同士で?

「え? ……え? で、でも、俺たち男同士ですよ、ね」

「だめかな? 俺も同性との経験がないからたぶんいろいろ下手くそだと思うが、きみだけは特別に見える。目が離せないんだ」

「……駆け出しの役者が珍しいだけじゃないですか」

「自分で言うな」

ちいさく笑った彼が頬に軽くくちづけてくるが、「やりすぎか」と自嘲《じちょう》気味に身を引かれて切ない。

寄りかかろうか、どうしようか。素っ気なく対応してその気がないとでも言おうか。

でもそれは本音じゃない。嘘だ。

本気で演じたあと——そして賢一郎の胸の裡を聞かせてもらえただけに、高揚感と心地好い疲労が身体を覆っている。

陽斗は勇気を出して、自らぎこちなく身を預けた。くたんと枕のように。

いっそ抱き枕みたいに扱ってほしい。

ぎゅっと抱き締めて、くたくたな身体を熱くしてほしい。

「その気持ち……、少しだけ教えてください」

「少しだけ?」

「……少し、だけ。ひつじくんの次の次の次のそのまたずうっと先の次ぐらいでいいから……一瞬だけ、少しだけ、大事にしてもらえますか」

「ずいぶんと謙虚だな」

自分で言っておいてなんだが、一瞬だけ、少しだけってどういうことだろう。ずいぶん都合がよくないかと突っ込みたいが、上の階ではひつじくんが寝ているのだし、まだ昼間だ。明るい場所で賢一郎と抱き合うのはさすがに恥ずかしい。でも、熱は伝え合いたい。

今日は覚悟を決めよう。

どこまで進めるかわからないが、途中で待ったをかけることはしない。

「ほんとうにいいのか？　キスするだけでは終わらないと思うけど」

「……いいです。賢一郎さんなら、俺……」

もう瞼を開けているのがつらい。不格好だろうけれど、ぎゅっと目を閉じてしまうと、やさしくくちびるが押し当てられた。

反応を窺うような、静かなキスだ。さっき、賢一郎は自分が下手くそだと言っていたが、とんでもない。こっちの想いをちゃんと受け止めてくれ、けっして無理強いしない、と思っていたら、くちびるを重ねたままじっとしていた彼がややあってから横を向いてはっと息を短く吐き出した。

「ど、……どうしたんですか」

「いや、ごめん、俺としたことが……なんか緊張してしまって」

思わず笑い出してしまうところだったが、賢一郎の顔を見るとほんとうに生真面目だ。

「でも、もう何度かこういうことしてますよね？　俺たち……」

「そうだけど。じつはいつも新鮮にびくびくしてるところもあるんだ。きみに嫌がられないかなって。俺はどうもこう、一つのことに目が行くとがむしゃらになってしまう嫌いがあるんだ。よくひつじにも呆《あき》れられるよ。『けんちゃん、しつこい』って。一日何度もハグするから」

やだぁ、と言って賢一郎の頭を押しのけているひつじくんを思い浮かべたら、自然と笑いがこみ上げてくる。それで、余計な力が抜けていく。

くたん、と賢一郎の逞しい腕にもたれると、今度はちゃんとくちびるを吸い取ってもらえた。

「ん……」

自分でも胸が締め付けられてしまうような甘ったるいねだり声が喉奥から漏れる。もうこれで三度目の大人のキスだから、つい先の展開を期待してしまうのだ。

一度目のキスは冗談かもしれない。

二度目のキスはものの弾みということもある。

でも、三度目となったら本物だと思う。

角度を変えて何度も押しつけられる厚めのくちびるにうっとりし、わずかに口を開くとゆっくりと舌がくねり込んできた。

あ、と思う間もなく舌を搦め捕られ、ずるく吸われる。ちゅく、と少しずつ唾液を交換していくのがたまらなくいい。

そのまま舌の表面をうずうずと擦り合わせてくる賢一郎のキスにぼうっと溺れる陽斗は、肩を抱かれて誘われるままに店の奥のソファに移った。

「……嫌じゃないか？」

ソファに陽斗を横たえ、覆い被さってくる賢一郎が訊ねてきた。

嫌じゃない、むしろもっと強い刺激が欲しい。そう思って彼の背中を強く抱き締めると、わかってもらえたようだ。

賢一郎は身体の隙間を埋めるように上体を押し付けてくる。

「嫌だったらすぐに言ってくれ。やめるから」

「……はい」

言うわけないけど。もう本能に従ってしまいたい。

ちゅ、ちゅ、と顔中にくちづけてくる賢一郎の熱っぽさに頭がくらくらしてくる。一度目より二度目より、ずっといい。自分も急激に昂ぶっていることを伝えたくて、思わず身体を擦りつけていた。なんだか獣になったみたいだ。

「もしかして、感じてくれてる？」

「……え？」

「ここ。硬くなってる」

彼のほうからも下肢を押し付けてきたので、互いのそこがずしりと熱を孕《はら》んでいることがわかる。賢一郎も欲情しているのだと思うと、冷静じゃいられない。

「けん、いちろう、さん」

「なに？」

「……俺も、……俺も、なにかしたい……」

「もうしてるじゃないか。こんなに敏感に反応してくれてる」

「でも、……俺だって、あなたと一緒に……」

感じ合いたい。そう言いたいのだが、さすがに直接的かと口ごもっていると、「じゃあ」と賢一郎が陽斗の手を摑んできた。そして、彼自身のそこにあてがう。

手のひらに収まりきらないほどの塊を感じる。

「……触っても、いい？」

「触ってほしい」

ストレートに言われて胸を強く揺さぶられる。喉がからからになるのを感じながら、みっしりと重たいそこをジーンズ越しに触れると、賢一郎が熱い吐息を漏らした。

そして、陽斗にも同じことをする。ただし、彼のほうは陽斗のジーンズのジッパーを開き、中に手を潜り込ませて。

「……ッ」

ボクサーパンツ越しに伝わる賢一郎の長い指にびくんとのけぞった。しっとりと下着に吸い付き、陽斗の快楽をくっきりとあらわにしていく。

「あ、っ、あ……っ」

「可愛い声だ。もっと聞かせてくれ」

一度喘いだら止まらなくなってしまう。賢一郎のそこを擦る手とは逆の手で賢明に口を覆うが、どかされて、くちびるで塞がれた。

「ん――ンっ、やっ……だ」

強く揉み込まれると、びくびくと身体が波打つほど感じてしまう。

性感帯をまともに愛されたら当然の反応だとは思うのだけれど、自ら他人と快感を分け与え合うのはこれが初めてだけに、取り乱しそうだ。

「きみも同じことをしてみて」

「ん、ん、う……っん」

なんとか賢一郎に焦点を合わせ、彼のそこも擦ろうとしたけれど、ジーンズが邪魔だ。焦れてボタンを外そうとするのだが指が汗で滑ってうまくいかない。苛々しながら何度もしくじっていると、賢一郎は苦笑しながら自分でそこを開き、もう一度陽斗の手をあてがってくれた。

「あ……」

想像していたのよりずっと大きくて、硬い。指を跳ね返すほどの弾力に声が掠れていく。もう無我夢中で彼のボクサーパンツの縁を引っ張り、無理やり中へと手を滑り込ませた。

「な、……これ、おっきすぎ……」

「そうか？」

眉を跳ね上げる賢一郎にむくれながらも、初めて触った他人の性器の淫らな熱の虜になり、根元まで指を這わすと、ツツッと上に向かって筋を引っかいた。

「……っく、……やるな、きみも」

「……やられっぱなしじゃ、ありませんから」

押される一方なのは悔しいからつんと顎を上げると、賢一郎もくすりと笑ってくちびるを重ねてくる。そして陽斗のそこを剝き出しにし、今度は遠慮なく弄り回し始めた。茂みを指でかき回し、「薄めなんだな」と微笑まれて顔が熱くなる。

「そ、そういう賢一郎さんは……あ」

濃い。すごく濃いめの草むらが根元に生えていて、指先をちりちりと撫でる。淫猥な感触に惹かれてしまって、ついつい引っ張りたくなる。

「って」

「あ、あ、ごめんなさい」

「結構いたずらっ子だな？　じゃあ、こういうのは、どう？」

互いの下肢を裸にして、のしかかってくる賢一郎がそこを重ね合わせてずるりと動いた。

「や……――っぁ……！」

びりびりと脳天から足のつま先まで駆け抜ける激しい快感に、陽斗はのけぞった、
こんなに気持ちいいなんて、嘘だ。ただ互いのペニスを擦り合わせているだけなのに。でも、自分の手で触れるのよりも百倍――いや、もっと強い刺激だ。

たちまちいやらしい感覚に取り憑《つ》かれて、陽斗は「あ、あ」と声を上擦らしながら喉を反らす。

店の中でこんなことをしてしまったら、これから先、このソファに座るたび不埒《ふらち》な時間を思い出してしまう。

「や、や、……だっ、こんなの……っあ……！」

「気持ちいい、か？」

「んんん……！」

涙目でこくりと頷くと、賢一郎はほっとしたように笑い、腰をくねり回す。そうすると互いの性器の裏筋同士が触れ合って、にゅちゅん、と淫らな音を響かせる。ぬるり、ぬるり、と滑るのはどちらかの先走りが溢れているせいだろうか。

「……陽斗くんの、すごく濡れてる」

「え、……あっ、……う、ごめん、……なさい」

「どうして謝るんだ？　すごく嬉しいのに。俺のしてること、嫌じゃないって証拠だろ？」

「ん……」

いい、すごくいい。じっとしているのもつらくて自分からも腰を怖々と押し付けて揺すると、新しい刺激を生むようで余計に感じてしまう。

「っん、は、ぁ、あっ、あ、や、……ね、……ねえ、あっ、う」

「もうイきそうな声だな」

「ん、ん、ど、しよ、我慢、できな……っ」

必死に声を振り絞って鼻先を擦り付けると、待っていたかのように賢一郎が舌を吸い取りにきた。息遣いさえも取り込まれてしまいそうなディープキスに胸の奥がきゅうっと痛くなる。

このままもっと愛されたい。深いところまで堕《お》ちていきたい。身体の奥で賢一郎を感じることができれば。

だんだんと大きく腰を揺らめかす賢一郎の背中に爪を立て、絶頂へと昇り詰めていく。無防備に晒した首元に前触れもなく噛み付かれた衝撃で、「……あ！」と声を上げた。

犬歯が、深く食い込んでくる、ぎりぎりと。まるで芝居の中のカイエのように。

もしも自分が血を捧げられるのなら喜んで差し出したい。賢一郎の渇《かわ》きを癒《いや》したい。

ほんとうに、トワロになった気分で酩酊し、ヌチュヌチュと腰を振って陽斗は背筋を突っ張らせながら一息に射精した。どくん、と波打つ身体が止まらない。

「あっ、あっ、イくっ、イっっちゃ……っ」

「ん……俺も」

顔をしかめた賢一郎もどろりと熱いしずくを放ってきた。互いに夢中になって腰を振り、肌を濡らす精液のとろみを味わう。

「あ、……はッ、……はっ、あ……っ……あぁ……あ……」

キィン、と熱いものが頭の中を走り抜けるほどの強い快楽に陽斗は喘ぎ続け、賢一郎の肩にかぶりつく。そうでないと、もっと大声を出してしまいそうなのだ。

どうしよう、どうしよう、すごくよくてよくて、まだまだ底が見えない。

性器を触れ合わせるだけなのにこんなに感じてしまうなんて、聞いてない。

「は……賢一郎、さん……」

「よかった?」

「……うん……よかった……すごく」

取り繕うこともできなくて、つい言葉も乱れるが、それも賢一郎は嬉しいようだ。

まだ惜しむように腰を揺らし、二人の精液を混じり合わせていく。

「いいね、熱い……きっと陽斗くんの中も蕩けそうなんだろうな」

「……あの……よかったら……最後、まで、する……?」

おそるおそる窺うと、賢一郎はびっくりしたように目を見張るが、すぐに破顔一笑して、ちゅっと額にくちづけてきた。

「そうしたいのは山々だけど、せっかくのきみの最初をもらうなら、ちゃんとベッドでしたいな。それに……」

計ったように、二階から、あーん、とか細い泣き声が聞こえてくる。

「ひつじも起きたみたいだ」

「あ、あ、うわ、行かないと」

「大丈夫、ちょっと待って。俺が始末するから……そうっと身体を起こすからな」

陽斗の腹に精液溜まりを作った賢一郎が指でかき回し、ちゅぷ、と口に咥《くわ》える。

「これがきみの味か」

「や、……やらしい、賢一郎さん」

「そうだよ、俺はきみにだけ欲情してしまうどうしようもない男だよ」

澄ました顔で言って、賢一郎は慎重に身体を起こし、自分のシャツでざっとあたりを拭くと、カウンターからおしぼりをいくつも持ってくる。温かいおしぼりで陽斗の肌を拭いてくれようとするので、「自分でやるから」と手を差し出した。

「賢一郎さんは、ひつじくんのところに行って」

「でも」

「俺もあとから行くから。ね？　ひつじくん、一人にしないで」

「……わかった。ありがとう」

賢一郎はもう一度くちづけてきて、愛情のこもった視線で陽斗を射貫く。

「いつかちゃんときみと繋がりたいな」

「……うん、俺、も」

恥ずかしさを堪えて、ようやく答える。

四本のおしぼりを置いて、賢一郎は二階へと上がっていった。ああん、と泣き続ける声はすぐにやみ、静かになった。

陽斗は急いでおしぼりを広げて肌を拭い、清めていく。脇腹に垂れたのは賢一郎の熱い精液だろうか。ひと差し指で拭って舐めてみると、濃い味がする。

やらしいことをしていると赤くなり、とにかく後始末に励んだ。シャツまで濡れていなかったのはよかった。身繕いをして汚したタオルを流しに運び、ざっと洗う。それから自分の手も消毒し、くんくんと匂いを嗅いでから二階へと上がることにした。

「ひつじくん……起きた？」

「あ、はるちゃん……！」

賢一郎の胸に頭をぐりぐりと押し付けていたひつじくんが顔をほころばせ、両手を広げてくれるので、陽斗も飛びつく。

「なんか怖い夢でも見た？」

「……はるちゃんがいなくなっちゃうゆめ、みた……」

腕の中で小鳥のように身を寄せるひつじくんの髪をやさしく撫で、「大丈夫、俺はここにいるよ」と言い聞かせる。

「ね？　いるよ。俺はひつじくんのそばにいるよ」

「ずっと？」

「……うん、ずっと」

「やくそくしてくれる？」

「する」

ひたむきな目を向けられて、嘘はつけない。

しっかりと頷くと、ひつじくんはやっと安心したように笑いかけてくる。

「ねえ、はるちゃん、きょうおけいこのあととまってて」

「え？　ここに？」

「いいな。一晩ぐらい大丈夫だろう？」

はしたない熱を交換したばかりの賢一郎の部屋に泊まるのかと思うと、うずうずしてくる。

でも、ひつじくんは心から欲してくれているようだ。

「とまろう？　はるちゃんといっしょにごはんたべて、いっしょにおふろはいって、ねんねしたい。はるちゃんにえほんよんでほしい。ね？　いいよね？」

畳みかけられて、「わかった」と陽斗は苦笑した。

「ご迷惑じゃなければ……賢一郎さん、ほんとうにいい？　レッスンの後になっちゃうけど」

「もちろん。俺だって嬉しい。みんなで川の字になって寝よう」

「やったぁ！　はるちゃんこっちがわで、けんちゃんそっちがわで、ひつじくん、まんなかね」

いままで寝ていた布団をぽんぽんと叩くひつじくんのちいさな手に釣られて、ぽすんと横たわる。幼児らしい甘い香りがふんわりと漂い、いい夢が見られそうだ。

明日はバイトもない。泊まらせてもらおう。自分も帰りがたかったし。一緒にいたいし。

「じゃ、今日はなに食べようか」

「んー、んー、とろとろおむらいすと、ぱふぇ！」

「いいね。オムライスって久しぶりかも」

陽斗が同意すれば、「よし」と賢一郎がぐっと腕に力を込める。

「陽斗くんが帰ってきたら二人のためにとびきり美味しいオムライスとパフェを作るよ」

ふわふわした気分で週末を過ごし、月曜のスーパーのバイトのあとは張りきって「北極星」に顔を出した。夕方五時、土曜日に聞いた集合時間だ。

「おはようございます！」

今日からしっかりトワロ役に挑もう。そう決意してやってきたのだが、稽古場にはもう主役の凪原が来ていた。ヨナ役も。アンサンブルは全員じゃないが、凪原の取り巻きは顔をそろえている。皆、A4サイズの紙を手にしていた。

「あ、あの……」

硬い空気に戸惑い、陽斗はボディバッグのショルダーベルトを握り締める。

なんなのだろう、この浮いた感じは。

というか、あからさまにつまはじきにされている気がする。

「……今日って早めの集合……でしたか？」

「やっぱりな。おまえ、グループLINE見てなかったのか」

凪原がため息をつき、美しい顔をふいっと背ける。

「最初のシーンが金井さんから上がってきたから、今日から主要メンバーで稽古をしようって話、土曜の昼にLINEしたけど。見てないのか?」

「え?　え?」

焦ってスマホをジーンズのヒップポケットから取り出してLINEを起ち上げる。

「北極星」全員のグループはあるが、凪原が言うメッセージは残っていない。

「……俺には届いてないみたいです」

「嘘だろ。ここの全員はちゃんと見てるぞ」

凪原はなおも言い、壁沿いに置いてある自分のリュックからスマホを取り出し、ちらっと視線を落とす。そして、「あー」と頭をかいた。

「今回の配役だけで新しくグループを作ったんだけど、おまえ、入れ忘れてたわ」

「……は?」

「悪い悪い、俺の勘違いだ。だってあれだろ?　おまえ、べつにトワロやりたかったわけじゃないしさ。そんなに気合入ってないだろ?」

なにを言われているのかわからない。

ただ、彼の取り巻きの中に、トワロ役としてオーディションに参加していた者がいたことには気づいた。彼の凍てつくような視線を受けて、じわりと冷たい汗が背中を流れ落ちる。

「確かに、最初はカイエ役としてオーディションを受けましたが、……いまは、ちゃんとトワロと向き合うつもりでいます」

「ふぅん……ずいぶんと切り替えが早いんだな。じゃ、カイエにもそんなに思い入れがなかったってことなんじゃないのか」

「そんなことありません、そんなつもりは」

いきなり追い詰められて、どうしていいかわからない。

なぜ、ここまで詰《なじ》られなければいけないのだろう。

凪原の言うとおり、カイエ役が欲しかったのはほんとうだが、金井に実力を認められ、トワロ役を与えられた。

そして、迷った。

自分の素を生かすような配役ばかりでは伸びしろがなくなるのではないかと。

だけど、ひつじくんのお芝居に付き合って、自分の中のつまらないわだかまりと顔を突き合わせることになった。

上だけを見て、ひとより抜きん出ることばかり考えていた自分。

自己主張するのは役者として大切だけれど、一人芝居をやっているわけではないのだ。他の役と溶け合い、引き立て、ともに盛り上がることが重要なのだと思い出したばかりで、とにかく今日から心を入れ替えてトワロを演じようと思っていたのだが、この抜擢を凪原たちは面白く思っていないらしい。

それもそうだろう。この春に移籍してきたばかりで、小劇団とはいえ実力派ぞろいの「北極星」でまだ二十一歳の陽斗が準主役を射止めることを妬むひとはいるだろう。

その事実をこんな意地の悪い形で突きつけられて、ぐっとくちびるを噛んだ。

わざと、連絡しなかったのだ。最初から陽斗を居心地悪くさせるために、主要メンバーのグループLINEに入れなかったのだろう。

「ま、これは俺のミスだし、いまからメンバーに入れとくから。次からちゃんと見ておけよ」

「……はい。すみません」

役者は上下関係が厳しいので、たとえ凪原のミスだとしても、自分からも一歩引いておいたほうがいいだろう。

「とりあえず、今日は俺たちの練習を見ておけよ。次はおまえにも、これ、渡すからさ」

ぺらっと紙をちらつかされる。最初のシーンがプリントアウトされたものだろう。隣に事務室があるのだからコピーさせてほしかったのだが、それを言い出せる空気ではなかった。

凪原は素っ気なく背中を向けると仲間たちと談笑し、次第に空気を創り上げていく。

そして、稽古が始まった。準主役の陽斗はいなかったことにして、ヨナやアンサンブルキャストたちと台詞を進めていく。

陽斗はまだこの状況がうまく呑み込めず、のろのろと稽古場の隅に向かい、腰を下ろす。

白熱していく稽古を他人事のように観ている自分が情けない。

なぜ、もっと前に出られなかったのか。本来の強気な自分なら食ってかかるはずだ。

どういうことですか、と。俺もいまから交ぜてください、と。

だけどここでの自分はまだ新参者で、意見を堂々と言える立場ではない。

だいたい、憧れの凪原からうっすらとした敵意を感じることが信じられなかった。

役者の世界は妬みやそねみ、足の引っ張り合いなんかしょっちゅうだ。けっして綺麗事ばかりで幕が上がるわけではない。

それでも、少しずつ役者たちが稽古を通して寄り添い、互いを理解して熱を高めていくものなのに。

手の中のスマホを力なく見る。さっき、入れてもらったばかりのグループＬＩＮＥが表示されている。自分が入れてもらう前にどんな会話が交わされていたのか、知るよしもない。

この中に誰か一人でも味方がいてくれたら。「おまえも入れよ」と言ってくれたら、飛び込んでいくのに。

「……くっそ」

子どもみたいだと頭をぐしゃぐしゃとかき回す。

凪原たちは隅っこの陽斗なんか見えないような様子で、役にのめり込んでいる。

真剣な凪原の横顔は憎らしいぐらいに綺麗だ。さすがに「北極星」のトップを務めるだけのことはある。

――次こそは、俺もあそこに。

なにがあっても稽古に入れてもらおう。

苦いものを呑み込んで、陽斗は黙って稽古を見守り続けた。

ここで逃げ出すわけにはいかない。自分には、トワロを演じる務めがあるのだから。

だけど、ぽつんと取り残された焦燥感はいつまでも胸の中から出ていかなかった。


「はぁ……」

堪えても堪えてもため息が出てくる。

あれから一応稽古には参加させてもらえるようになったが、キャストの皆とは隔たりがあった。

とくに、凪原は冷ややかだ。

若いながらも前の劇団でそれなりの実力を積んできた陽斗の躍進が気に入らないようだ。

すべては主宰の金井の判断だと言いたいけれど、そんな子どもっぽい言い訳で自分を追い詰めたくない。

それに、金井の決断はありがたいといまは思っている。なんとか自分なりにトワロ役を摑みたいのだけれど、仲間と稽古している時、自分だけ浮いてしまっているのは否めない。誰も目を合わせようとしないのだ。

台詞だけが上滑りして、演技にもなかなか集中できないことに、陽斗は焦りを感じていた。

上演は十一月。まだ八月半ばだから十分に余裕はあるが、少しでも長く、深く、トワロの世界に入り込んでいたい。

親友のカイエを慕い、ヴァンパイアのヨナにも勇敢に立ち向かうという役どころは自分の勝ち気な性格を生かせばうまくいくはずだと思うのだが、すぎた自信は失敗を招く。せっかくの「北極星」での初舞台だ。絶対に成功させたい。

「凪原さん、あの、今日お時間ありますか？」

お盆も明け、まだまだ強い夏の暑さが残るある日の夜、稽古を終えた陽斗は急いで凪原に近づいた。細身で筋肉質の身体に、Ｔシャツが汗で張り付いている。同性の目から見てもやたら色気を感じてどきどきする。

切れ長の目がちらりとこちらを見たことで鼓動が駆け出しそうだ。

「もしよかったら、このあと食事でもご一緒しませんか」

「おまえと？　なんで」

額の汗をタオルで拭う凪原にあしらわれて一瞬言葉に詰まるが、勇気を振り絞る。

「せっかく凪原さんの隣に立たせてもらう光栄を頂けたんです。カイエとトワロの関係について話し合えたらなと思って」

「そんなの台本が上がってくればわかることだろ。いまはまだところどころの場面だけなんだし、見当違いな役の解釈を話し合っても無駄だと思うけど」

感情を抑えた声がカイエにぴったりだと、こんな場面だけれど感心してしまう。凪原はシリアスが大の得意だが、やろうと思えば抱腹絶倒のコメディも難なくこなせる。実際、陽斗は彼の芝居を何度も観ているから間違いない。

憧れの役者と共演できるのだからこそ、その喜びと興奮を余すことなく享受したいのだ。しかし、凪原はつれない。

「俺、忙しいから。じゃあな」

「あ……はい、お疲れ様でした。また明日」

凪原は返事をせず、取り巻きを連れてすたすたと稽古場を出ていく。このあと、さっとシャワーを浴びて取り巻きとともにどこかに食事にでも行くのだろうか。末席でもいいから加えてほしいのに。

普段、凪原がどんなところに住んでいて、どんなことを話すのか、少しでも知りたい。

多少の好奇心もあるが、凪原という人物がまったくわからないので、どこまでトワロとして近づけばいいのか距離を測りかねているのだ。

なにかいいきっかけはないかなと考える。ただ「食事を一緒に」と繰り返しても平行線だろう。なにか——凪原の心に届く出来事があればよいのだが。

今度、稽古後に凪原のあとをつけてみようか。いやそれじゃただのストーカーだ。だったら徹底的に媚びて媚びて関心を惹いてみるとか。しかしそんな底の浅い態度はすぐに見抜かれてしまう気がする。

凪原が「北極星」のトップ役者であるのはただ演技がうまいというだけではない。優れた洞察力や鋭い判断力があるからだ。

陽斗の上っ面の演技などさらりとあしらうだけだろう。

自宅にいきなり招くのは不審だし、取り巻き一人一人に食い込むのも難しいし。

ああでもないこうでもないと呻吟《しんぎん》していたが、そのチャンスは意外にも早くやってきた。

二日後の夜は稽古が休みだったので、陽斗はスーパーのバイトの帰り際、いつもの銭湯に行くことにした。今日も蒸し暑いし、すっきりしたい。

凪原のことはいったん脇に置いといて――と機嫌良く銭湯ののれんをくぐり、脱衣所に入った陽斗はとある若い男の横顔を見てあっと声を上げた。

「……凪原さん！」

凪原が、ちょうどTシャツから頭を抜いていたところだった。胡乱《うろん》そうな顔がこっちを振り向き、「……なんでここにおまえが？」と言われた。

「え、いや」

それはこっちの台詞だ。凪原もこの近くに住んでいたのだろうか。

取り巻きとは別れたあとらしく、一人のようだ。

「俺、ここはたまに来るんです。駅の向こう側に住んでて。凪原さんもご近所ですか？」

「まあな」

相変わらず凪原は素っ気ない。でも、そのすらりとした背中に見惚れてしまい、つい釘付《くぎづ》けになってしまう。

「凪原さんて……ほんとうに綺麗ですよね」

「は？」

「女装もいけると思います」

言い切ると、凪原はちょっと驚いた顔だ。それから薄く笑って、「……ずっと昔」と呟く。

「一度だけやったことある」

「え」

「女装。『北極星』に入ったばっかの頃にな。でもその時一度きりだ」

「もうやらないんですか？」

「ストーカーがガンガンついて鬱陶《うっとう》しいんだよ」

「あ……なるほど……それはそうですよね……」

凪原ほどの男が華々しくメイクをして装ったら、男も女も冷静じゃいられないだろう。生まれつきの美形はやっぱりすごいと感心していると、凪原がふんと鼻を鳴らす。

「なに納得してんだよ」

「いや、絶対に凪原さんはもてるだろうなって」

「バーカ」

冷笑を浮かべた凪原はさっさとジーンズを脱ぎ捨てる。そこに、「はるちゃん！」と元気な声が飛び込んできた。

「……ひつじくん、賢一郎さん！」

「嬉しいな、ここで会えるなんて」

にこにこ二人組が男湯に入ってきてびっくりした。陽斗の足にひつじくんが絡みつき、「はーるちゃん」と笑顔を向けてくる。

「おふろまたいっしょだねぇ」

「そうだね。今日は暑いもんね。賢一郎さん、お疲れ様」

「うん、きみこそお疲れ様」

一昨日泊まらせてもらった日のことを思い出し、自然と身体が火照る。

軽く愛し合ったあと、ひつじくんを真ん中にして三人で眠った時も胸の鼓動は高鳴るままだったが、なんともいえない幸せにくるまれていた。

「……ねぇねぇ……そのひと、だれ？」

ひつじくんが陽斗のうしろから凪原を見上げる。ちいさなひつじくんに凪原も気づいたようだけれど、お愛想の笑顔もない。

「ね、はるちゃんのおともだち？」

「誰がこんな奴と」

「え、っと、ええとね、このひとは劇団の先輩だよ。俺が尊敬するひと」

ひつじくんに言い聞かせると、賢一郎が「それはそれは」と笑み崩れた。

「初めまして。俺はひつじカフェという店をやっている、大野賢一郎と申します」

「……劇団『北極星』の凪原俊介です」

凪原は相変わらず鉄面皮なのだが、ひつじくんはバターが溶けるようににこーっと笑うと、おもむろに彼の足にがしっと抱きついた。

「え？　は⁉」

「おにいちゃん、あしながーい」

「……それは、どうも」

「あと、きれい。すっごくきれい」

臆面《おくめん》もなく褒めるひつじくんに呑まれたのか、凪原はぴくりとも表情を動かさない。

「……成宮」

「はい」

じろりと睨《ね》め付けられて頬が引き攣る。

「なんだ、このちびは」

「ちびじゃないもん！　ひつじくんだよ！」

すかさず反応するひつじくんが勇ましい。大人だったら無謀だと肩を掴んで引き戻すところだが、相手は三歳児だ。百センチにも満たない子どもにしがみつかれて、凪原も呆気に取られている。

「すみません。こら、ひつじ。失礼だろ」

「だってぇ、おにいちゃんきれいだもん」

制止する賢一郎を振りきって、ひつじくんは凪原の膝のあたりに頭をぐりぐりと擦り付けている。

もともとひと懐っこい子ではあるが、凪原になにか特別なものを感じたのだろうか。興味深く見守っていると、ひつじくんが「あっ」とこっちを振り仰ぐ。凪原にしがみついたまま。

「はるちゃんはね、かわいいよ」

思わず噴き出してしまった。わずか三歳の子に気遣われようとは。

「ありがと」と言ってひつじくんの頭を撫でると、凪原も困ったような笑い出したいような不思議な顔をしている。だが、陽斗と視線が合うと表情のシャッターをがらがらぴしゃりと下ろし、邪険《じゃけん》にならない程度にひつじくんを引き剝《は》がそうとしている。

「……もういいだろ。俺、風呂入るから」

「じゃあね、ひつじくんも！」

わーい、と叫んでひつじくんがぱーっと服を脱ぎ散らかす。その勢いたるや、その場にいた大人三人が唖然《あぜん》とするぐらいだ。

「ねえねえ、おふろ」

あっという間に裸になったひつじくんが凪原の手を掴む。さすがにその手をきつく振り払うことはできないらしいが、だからといっていきなり親しくなるわけにもいかない凪原は、「なんなんだよ、このちびは」と舌打ちしながら引っ張られていった。

「……すごい、ひつじくん」

「だな……」

あとに残された陽斗と賢一郎は顔を見合わせて笑ってしまった。

あまりに突然のことでなにがなんだかという感じではあるが、大人だけだったらぎこちなくなってしまう雰囲気も、自然体のひつじくんのおかげで重いベールがほんの少し上がった気がする。

とりあえず陽斗も急いで服を脱ぎ、賢一郎とともに風呂場へと向かう。

ふんわりと湯気が漂う大きな風呂場で、ひつじくんは凪原の横にちょこんと座り、両手を泡だらけにしていた。それをほっそりした凪原の背中に塗りたくっている。凪原がどんな表情をしているかはわからないが、傍らに立つ賢一郎はひつじくんのそばに駆け寄った。

「ひつじ、だめだよ。お兄さんの邪魔をしたら」

「だって、せなか、きもちいいよ？　ひつじくん、このあいだはるちゃんにせなかあらってもらって、すごくよかったもん」

理屈はわかる。わかるが、相手は二十七歳の大人で、人気役者。

もっと言うなら陽斗の憧れのひとで、いまはちょっと微妙な関係だ。できれば波風を立てたくないのだが、ひつじくんはお構いなしに、「ねーきもちいいよねー」と凪原に話しかけ、背中を手のひらで擦っている。

「……くすぐったい」

ぼそりとした声に耳を疑った。

「あ、あの、凪原さん」

「擦るならちゃんとタオルで擦れ」

「うん」

ひつじくんは言われたとおり、渡されたタオルを泡立たせ、背中をごしごしと擦り始める。

えっ？　これどういう展開？　と突っ込みたくて仕方がない。

凪原だったら見知らぬ子ども相手にはつっけんどんにするかと思ったのに。広い男の背中を一生懸命洗っているひつじくんと、うつむいている凪原を交互に見つめ、陽斗は要領を摑めないまま自分も身体を洗うことにした。

賢一郎も同様に。

彼も、すっ飛んでいってしまったひつじくんを止める手立てが見つからないようだ。

「ごめん、ひつじが」

「いえ、……凪原さんが構わないなら」

ひそひそと賢一郎とやり取りし、とりあえず身体をすっきり洗ったところで風呂に入ることにした。

「ねー、おにいちゃん、おふろはいろ？」

「俺が？　ちびと一緒に？」

「ちびじゃない！　ひつじくん！」

「なんだよひつじって。もこもこかよ」

突っ込みつつ、凪原とひつじくんが湯船に向かうのを慌てて追う。先に入った凪原に向かって、ひつじくんは堂々と両手を突き出していた。さあ受け止めろと言わんばかりで、笑っていいものかどうか。

「……なんだっていうんだよ」

ぶつくさ言いながら、凪原は仕方なさそうにひつじくんを抱き上げて湯に浸からせ、そのまま手を離そうとしたのだが、まだちいさいひつじくんがあわや溺れそうになるのを見て急いで膝に乗せている。

「おまえ、ほんとちびだな。いくつ」

「みっつ」

「ここの風呂立てないだろ」

「たてない。おにいちゃんとこすわらせて」

よじよじと凪原にしがみつき身体の向きを変え、あぐらをかいた上にすとんとお尻を落ち着けるとやっと安心したように笑った。

「はるちゃーん、こっちー。けんちゃんもー」

「はぁ……ひやひやするな……」

隣で賢一郎が胸を押さえている。その気持ち、よくわかる。

妙なことになったが四人並んで風呂に浸かり、肩まで温まった。夏場はどうしてもシャワーで済ませてしまうことが多いが、それでは疲れが取れない。

とくに、夏のスーパーのバイトは冷房がガンガン効いているので、身体の芯から凍えそうになる日もあるのだ。

湯の中でほっとくつろぎ、右にひつじくんと凪原、左に賢一郎を置いて、陽斗はひつじくんの顔をのぞき込んだ。

「凪原さんの膝、気持ちいい？」

「うん！　おにいちゃん、なぎちゃんてよばれてる？」

「そういう呼ばれ方はしたことがない」

「じゃあ、ひつじくんがなぎちゃんてよんであげるね！」

強い。三歳児は世界一強いかもしれない。空気を読むどころか我が道を進む様に勇気づけられてしまう。

大人だったら互いの距離を測り、なにを言うべきか言わないべきか胸の中で推し量る癖がつくものだが、子どもはそうじゃない。

とりわけまだ三歳のひつじくんは無邪気で、好きなように振る舞っている——と思うが、ほんとうにそうだろうか。

賢一郎の店にも多くの客が来て、ひつじくんを可愛がってくれる。当然ひつじくんは喜ぶが、たまに照れたり、そっと隠れたりもする。

そこには、ひつじくんなりの無意識の判断があるのだろうと思う。

このひとは近づきたいひと。このひとはちょっと遠くにいたいひと。

だとしたら、しかめ面でも膝の上に乗せてくれている凪原は近づきたいひとなのだろう。

「妬けちゃうな、ひつじくん。凪原さんに一目惚れ？」

「ひとめ、ぼれ？　てなに？」

「おまえなぁ、アホなこと言ってんじゃねえよ」

雑な口調で言い捨てるが、凪原は膝にでんと座っているひつじくんをどかそうとはしない。

「ひつじくんって温かいですよね」

「……もちもちしてる」

「わかります。食べちゃいたいぐらい」

「はるちゃん、ひつじくんたべたい？　いいよ」

ぷくぷくした二の腕を差し出されたので、それを掴み、「あーん」とかぶりつく。途端にきゃっきゃと笑い出すひつじくんはくすぐったがり、身体の向きを変えて向かい合わせに凪原にしがみついた。

「ね、ね、なぎちゃんもたべる？」

「食べない」

「なんで？　ひつじくんおいしいよ？」

「ラム肉は苦手だ」

どことなく苦い顔で言う凪原にちいさく笑う。彼みたいに見た目も才能も完璧に見える男にも弱点はあるのだ。

ゆだる前に外に出て、それでもまだまとわりついているひつじくんに負けたのか、凪原はかなりぞんざいな手つきで髪を洗ってやっていた。

「もっと、ゆっくりして」

「偉そうに言うなちびのくせに」

「ひつじくんだってばぁ」

なんだかんだ言っていいコンビなのではないか。凪原はお世辞を言わないたちだ。近寄りがたいし、陽斗をつまはじきにしようとしている男ではあるが、子どもにまで無下にするわけではないようだと気づいて安堵する。

「すみません、すっかりお世話になって。もしよかったら、このあとうちの店にいらっしゃいませんか？　なにかごちそうさせてください」

賢一郎が脱衣所ではしゃぐひつじくんを捕まえ、大きなバスタオルでくるむ。

「なにかって……夜遅くにカフェインを取る習慣はあまりないんですが」

「いえいえ。夜パフェを」

「パフェ？」

やっぱり凪原もびっくりしている。

「夜にパフェを食べるんですか」

「ええ。カロリーは抑えめにしますから、ぜひ。とびきり美味しいのをお出ししますよ。ね、陽斗くん」

「はい。ひつじカフェのパフェ、最高ですよ。風呂上がりだし、ぴったりだと思います」

「ね、いこ？　ひつじくんとぱふぇたべよう？」

真っ裸で見上げてくるひつじくんの正直さにぐうの音も出ないのか、凪原は渋々頷く。

「……まあ、いいか、このあと予定があるわけじゃないし……」

「行きましょう行きましょう。俺もお手伝いします」

「よし、四人で帰ろう」

まだふてくされている凪原と肩を並べ、陽斗たちは銭湯を出てひつじカフェへと足を向ける。

その間、ひつじくんは盛んに凪原に話しかけていたが、彼のほうは「はいはい」と適当な返事ばかりだ。

でも、返事をしてくれている。そのことが大事な気がする。

素肌を晒したからといって一気に距離が縮まるわけではないのだが、無邪気なひつじくんがいてくれたおかげで大人たちもそう緊張せずにいられた。

カフェに着くと、凪原は店内をきょろきょろと見回す。

「こんなカフェあったのか」

「俺も最近知ったばかりなんです、お恥ずかしながら」

「よかったら凪原さんにもお得意さんになってほしいな」

そう言って、賢一郎はカフェエプロンを巻き付け、手際よく四人分のパフェ作りに入る。

「なにかお手伝いします」と言ったのだけれど、「いいよいいよ、そっちで待ってて」と笑顔を向けられたので、ありがたく奥のテーブル席に戻る。

「凪原さん、普段パフェって食べます？」

「食べない」

「ですよね。俺もここに来るまではほとんど。でもやみつきになっちゃいますよ」

「甘ったるいのは苦手なんだけど」

「おいしいよー」

ひつじくんはすっかり凪原に馴染んだ様子で、彼の隣を陣取っている。

ほどなくすると、まず二人分のグラスを持った賢一郎が現れた。

「お待たせ。今日は極上のチョコレートを使ったちょっと大人向けの夜パフェだよ。ひつじはミルクチョコのパフェな」

「わあい！　ちょこぱふぇだいすき！」

「わ、いい香りだ……！」

ひんやりした冷房が効く店内で、こっくりと深いダークブラウンのチョコレートパフェは芯の強い映画俳優のように凛としている。

「凪原さんのイメージで作ってみた」

残りの二人分も運んできた賢一郎がグラスをテーブルに置くと全員分が揃った。長い柄のついたスプーンを渡され、凪原は戸惑った顔だが、ビターなチョコレートの香りにそそられたようだ。

「……いただきます」

一口頰張った凪原が目を瞠る。それを見て、陽斗も急いでスプーンを手にした。

てっぺんにはバニラとチョコレートのアイスに、細かく砕いたナッツがトッピングされている。大人には鮮やかなピスタチオも。

薄いクッキーが添えられていて、嚙《かじ》ってみるとほんのり甘塩っぱい。

アイスの甘さが絶品で、なんともいえずに美味しい。チョコレートの風味が豊かなのだ。少し口の中が甘くなりすぎたらクッキーで味覚を整え、どんどん中を進んでいく。今日のパフェの本体は軽めのパイ生地だ。そこにもチョコレートソースとホイップクリームが交ざっていて、綺麗なグラデーションを生み出している。

以前だったら、半分食べて飽きてしまったようなパフェなのに、ひつじカフェのは特別だ。食べても食べても美味しくて、気づいたらグラスが空になっていた。

正面を見ると、ひつじくんも、凪原ももうとっくに食べ終えていた。

ひつじくんはともかく、意外にも食欲旺盛な凪原を見て嬉しくなる。

「美味しかったですか?」

「……まああ、じゃないのか」

「そういうわりには食べるの早かったですよね」

そう言うと、テーブル下で素早く足を蹴っ飛ばされたが、構うものか。楽しい気分は目減りしない。

仕上げに温かいほうじ茶を飲んで、凪原は顔色一つ変えずに、「ごちそうさまでした」と言う。

「美味しかったです」

「ならよかった。また食べにおいでよ」

「……はい」

「またきて、またきて」

縋り付くひつじくんの熱意に負けたのか、凪原はゆるく笑って、つんとひつじくんのおでこをつつく。

「気が向いたらな」

「まってるからね」

真面目な言葉に、凪原は眉を跳ね上げたものの財布を取り出そうとする。それを賢一郎が押しとどめ、「今日は俺のごちそうだから」と説き伏せた。

「でも、ただ食いは申し訳ないし」

「また来てくれるって約束してくれるなら」

「わかりましたよ、また。……成宮、明日稽古場でな」

「……はい！」

相手にされていないと寂しく思っていたのだが、やっぱり憎く思うことができない。

凪原はいまもっとも目標としている役者だ。ＬＩＮＥのグループに入れ忘れたというのはほんとうなのだと思うことにしよう。そのほうが幸せだ。お気楽すぎるかもしれないけど。

帰っていく凪原を見送り、ひつじくんの歯磨きを手伝って、陽斗も賢一郎と一緒に二階に上がった。

最近こうして、夜を一緒に過ごすことが多い。べつに触れ合わなくても、ひつじくんの寝顔を見ながらいろんな話をするのは楽しい。

たまにＤＶＤで映画を流し、ヘッドフォンを二台つけて一緒に観入ることもある。そしてそのあと、ひつじくんの眠りを邪魔しないように一階のカフェであれこれ感想を話し合うのだ。

一人きりだった夜に比べれば、なんて充実しているのだろう。

「明日はこのシリーズの最新作観ない？」

「いいな、そっちも怖そうだ」

いつの間にか、くだけた話し方になっていた。泊まらせてもらった夜からぐっと近づけた気がする。

いま二人でハマっているホラー映画シリーズのＤＶＤパッケージを手にしながら話し、午前零時を過ぎる頃、陽斗は帰ることにした。

賢一郎が外まで見送ってくれて、やさしくキスしてくれる。

「明日になるまで俺を忘れるなよ」

「もう、そういうこと誰にでも言うんでしょ」

「きみにしか言わないってちゃんと知ってるくせに」

今度は額にキスをして、「おやすみ」と賢一郎が背中を叩いてくれた。

「おやすみなさい。また明日」

「ああ、また明日」

めぐり来る明日を約束できる相手がいる嬉しさを噛み締めながら、陽斗は夜の街を駆けていく。

明日もいい日でありますように。

だが、そんな素朴な願いが到底叶わない日もあるのだ。

「……え、事故？　凪原さんが⁉」

「ああ、昨夜自宅に戻る途中に、信号無視をしたバイクと衝突したらしいんだ」

翌日の夕方、「北極星」に顔を出した陽斗を待っていたのは重苦しい顔をした金井たちスタッフだった。

「怪我は？　どんな怪我なんですか」

「腕を骨折したらしい。顔にも傷が。幸い、命に別状はないんだが……」

陽斗はさっと青ざめる。腕の傷も心配だけれど、顔は役者の命だ。思いがけない話に胸が狂ったように鳴り出す。昨日、話したばかりではないか。ひつじくんたちを交えて少しだけのんびりしたばかりではないか。

「すみません、いまから病院に様子を見に行ってもいいですか」

「そうだな。あいつからもおまえと話がしたいと言っていた」

「俺に……？」

扉前で足を止めた陽斗に、金井は難しい顔をする。

「……カイエを、おまえに委ねたいそうだ」

「どういうこと……ですか」

「わからん。それしか言わなかった。いまからならまだ面会時間に間に合うだろうから、直接本人と話してくれないか」

「わかりました」

来たばかりだが、そのまま事務所をあとにして、凪原が運び込まれたという救急病院に走った。駅前の病院は目立つところに建っており、迷わずに済んだ。

受付で聞くと、凪原は三階の病室にいるそうだ。

六人部屋の奥に、彼はいた。隣のベッドは空いている。

「凪原さん……」

左腕を吊っている凪原はうとうとしていたのか、眠そうに瞼を開いた。そばのテーブルには先に見舞いに来た金井たちが持ってきたのか、花がちいさな花瓶に飾られている。「座っていいですか」と断りを入れて、壁に立てかけられていたパイプ椅子を開く。

「……成宮か。……ざまぁねえよな。横断歩道を渡ってたら突っ込まれた」

「腕、折ったんですか……」

「ああ、全治二か月だ。顔の傷も結構ヤバい」

頬に大きなガーゼが貼られて痛々しい凪原は水色の病衣を着ている。ここの病院で貸し出されたものだろう。

「ご家族には連絡されたんですか」

「まあな。でもうち、北海道だからそう簡単には来られない。だいたい、腕を折っただけなんだし――」

ふと言葉を切り、凪原は視線をさまよわせる。

「でも……今度の舞台にはたぶん間に合わない。成宮、おまえがカイエをやれ」

「え？　いや、どうしてそんな」

「言っただろ、間に合わないって。たとえ腕がなんとかなっても顔に傷が残るかもしれない。それで板に上がれるわけないだろう」

「でも！」

病院なのについ大きな声を上げてしまい、慌てて声を潜めた。

「カイエはあなたの役です。俺がやるのはトワロですよ」

「でもおまえ、カイエをやりたかったんだろ？　最初に希望してたのは主役じゃないか」

「そうですが……いまは違います。ちゃんとトワロをやりたいと思ってます」

「だとしても、おまえがやれ。こういう形で主役を張れるなんて願ったり叶ったりだぞ。チャンスを逃すな」

なにを言われているかさっぱりわからない。突然のことに頭が混乱しきっている。凪原が怪我をしてしまったことにも、カイエをやれということにも、すぐには頷けない。

「……チャンスなんて、言わないでください。確かに二か月は長いですが、ギプスをはめて稽古に出ることはできるでしょう？　金井さんたちと話し合って、そもそものカイエの出方を考え直してもらってもいいじゃないですか。顔の傷だってメイクでなんとでもなります」

「俺だけの芝居じゃないんだから、そんな勝手な話が通るか。おまえだったらカイエの台詞が一部入ってるんだし、このあと上がってくる台本も大丈夫だろ」

掠れた声で凪原が言い、吊られたままの左腕を見てため息をつく。

「顔もまともに洗えねぇなぁ……」

「凪原さん……」

「とにかく、カイエはおまえに預けたからな。逃げ出したら承知しねぇぞ」

「で、も」

「もう少ししたら仲間が来るんだ。そいつらにも事情説明しなきゃいけないから、おまえは帰れ。あとは金井さんがうまくやってくれる」

そう言われても、すぐには立てない。

こんな望んでいない形で主役をもらうのは嫌だ。

はっきりと言えたならいいのだが、うつむく凪原の焦燥した横顔に言葉が出ない。ありとあらゆる感情が入り交じる複雑な顔。それでも、自分のせいで舞台に穴を開けることはできないという責任感。

「帰れ」

もう一度言われて、陽斗は黙って席を立った。

胸が痛い。たまらなく。鋭い刺がいくつも心に深く突き刺さり、抜けなくなってしまったような感覚。

奪いたいわけじゃない。

欲しかったけれど、こんな形で獲《と》りたかったわけじゃない。

こんな展開が欲しかったわけじゃない。


賢一郎にもすぐ相談することができず、一人で二日ほど悶々としたが、はっきりとした答えが出ない。

こういう時は、やっぱりひつじカフェだ。迷うことなく土曜の昼のバイトとしてひつじカフェに赴き、懸命に働いたあと、まかないを出してくれたやっと賢一郎に一連の出来事を打ち明けた。

「なるほど……そんなことがあったのか。凪原さんの怪我の具合は?」

「ひとまず全治するまで二か月はかかるみたいなんだ。ただ、複雑骨折ではないから、病院は二週間ほどで退院して、あとはギプス生活になるらしくて」

「あれ、結構大変なんだよな。俺も学生の頃にサッカーで足を骨折したことがあったけど、日常生活がなかなか不便で」

「賢一郎さん、サッカー好きだったんだ」

若い頃の賢一郎を思い浮かべ、少し和んで笑うと、彼のほうも照れくさそうに頭をかく。

「ただやみくもに突っ走るだけのMFだったけどね。で、陽斗くんとしては、主役を譲られることに対して納得がいかないんだ？」

「……うん。やりたかったのはほんとう。メインで脚光を浴びたかったし、芝居を引っ張る役目にもついてみたかった。でも、ひつじくんやあなたと話しているうちに……わかった気がするんだ。いまはトワロという役を与えられたんだから、それを一生懸命やろうって。せっかく俺にぴったりだって主宰の金井さんも言ってくれたんだし……ひつじくんみたいに素直になりたくて……なんて、可愛いこと言える年じゃないよね」

「十分きみは可愛い」

チキンカレーのまかないを食べさせてくれた賢一郎は、カウンター越しに陽斗の鼻の頭をつついてくる。

「俺はそういうきみが大好きだよ」

——大好き。

初めて言われたかもしれない。

どうしよう、もの凄く嬉しい。耳たぶが熱くなるほど嬉しい。

やっぱり賢一郎に話してよかった。いまの自分にできることは、与えられた以上のものにあがくのではなく、しっかりと足固めをすること。

失意の底にある凪原を鼓舞して、もう一度カイエ役に戻ってもらうこと。

そのためだったらなんでもする。

「賢一郎さん、このあと一緒に病院に来てくれる？」

「ひつじくんもいく！」

二階で遊んでいたひつじくんがひょこりと顔を出したので、ふっと笑ってしまう。

「そうだね、ひつじくんも一緒のほうが凪原さんも喜ぶかも」

「いくいく。なにかおみやげもってこ」

「そうだな、じゃあ、とっておきのメロンを持っていこうか」

「めろん……！」

ひつじくんの目がきらきら輝く。大のメロン好きらしい。食べやすいようにメロンをカットして容器に詰め、クーラーボックスに入れる。

ひつじカフェは臨時休業とし、黄色のひまわりの絵が描かれたTシャツを着たひつじくんを連れて、三人で駅前の病院へと向かった。

土曜の午後の大部屋は、見舞客で結構賑やかだ。そんな中で凪原はぽつんと暇そうにテレビを観ていた。

「こんにちは、凪原さん」

「——成宮」

「なぎちゃん、けがしたの？　いたい……？」

寄り添うひつじくんに、凪原は自嘲気味に笑い「でもねぇよ」と強がる。嘘つけ、数日前に事故ったばかりではないか。きっと鎮痛剤を与えられてもぎりぎりと痛むに違いない。

「外科入院だから、お見舞いのフルーツぐらい食べられるよな。凪原さん、メロンは好きか？」

「……まあまあ」

「じゃ、食べてくれないか。ちょうど熟していて食べ頃だ」

ひつじくんと陽斗をパイプ椅子に座らせ、ベッドの足側に立った賢一郎はオーバーテーブルを出して、クーラーボックスから容器を取り出す。

「ちょっと試食したけど、すごく甘い。どうぞ」

容器に入ったメロンをじろりと見て、凪原は差し出されたプラスティックのフォークでメロンを突き刺す。そして一口。

「……ん」

凪原の目が大きくなった。

「なぎちゃん、おいしい？」

「……お、……美味しい」

そういう間にも凪原は二つ三つとメロンを口に運ぶ。

「……うちの実家、夕張《ゆうばり》メロンの農家なんだけど、……それに負けない味だ」

「よかった。メロンもそろそろ終わりの季節だけど、やっぱり赤肉は美味しいよな」

「じゃあ、俺も一つ」

「ひつじくんもー」

「はいどうぞ」

賢一郎からフォークを受け取って、先にひつじくんにあーんしてあげる。次に自分。ジューシーで甘さたっぷりのメロンににこにこしてしまう。

「いいなぁ、凪原さんちってメロン農家なんですね。毎年美味しいメロンが食べられるなんて贅《ぜい》沢《たく》」

「天候に左右される仕事だから呑気《のんき》なことも言ってられないぞ。うまく育たなくて出荷できない年も結構あるし」

「生き物だもんな、メロンも」

「めろん、いきてるの？　ひつじくんのなかでいきてるの……？」

不思議そうな顔をしているひつじくんに、凪原がくすりと笑う。

「かもな。おまえを大きくしてくれるかもしれないぞ、ちび」

「ちびじゃないもん、ひつじくんだよ！」

いつものやり取りに噴き出してしまう。やっぱりこの二人、いいコンビだ。

「……それで？　メロン食わせに来ただけじゃないだろ。カイエのこと、覚悟が決まったのか」

「はい」

顔を引き締める陽斗の隣で、ひつじくんをだっこした賢一郎が椅子に腰掛ける。

「やっぱり、どう考えてもカイエはあなたの役です。俺はトワロを演じます」

「成宮……、だから」

「いずれは俺も狙いたいけど、いまはあなたのものです。まだ上演まで時間はありますから、諦めないでください。なんだったら訳あって呪いかなにかで左腕が使えない設定にしてもらってもいいんですし、俺は最高の親友を務めます」

お願いします、と陽斗は頭を下げた。

「俺にトワロをやらせてください。俺は、あなたのカイエが観たい」

つかの間言葉に失していた凪原だったが、やがて深く息を吐いた。

「おまえ……思ってたより強情だな」

「え、え？　そうですか？　そんなことないと思うけど……」

「俺がカイエをやれって言ったら欲しがる奴はごまんといるぞ。なにやせ我慢してんだ」

「やせ我慢なんかしてません。俺は本音を言ったまでです。最初から、トワロが俺、カイエは凪原さんです」

「そういうとこが強情だって言ってんだよ」

言い捨てるけれど、どことなく可笑しそうな顔の凪原は容器に残ったメロンを口に運ぶ。

「……やっぱ美味しい」

「ってことは、思ってるより早く回復して退院できると思うよ」

賢一郎がそう言う。

「食べる意欲があるっていうのはなによりも大事だから。栄養をどんどん取り込んで、スタミナをつけて、早く退院しておいで。うちで退院祝いをやろうよ」

「はは、気が早い」

「おいわいおいわい、なぎちゃんのおいわいしたい」

凪原の手に、ひつじくんがそっと触れる。その温かさが彼にも伝わったのだろう。じんわりした顔で、凪原はひつじくんの頭を撫でながら、斜な視線で陽斗を見る。

「素直じゃないよなおまえ。せっかくのチャンスを棒に振るなんて」

「素直じゃないのは凪原さんもです」

負けじと言い返す。そうしてやっと凪原が正面から視線を合わせてきた。同等の立場、とまではまだいかなくても、発した言葉は彼に届いたのだと実感できる。

「言うじゃん。……退院したらギプスした腕でぶん殴ってやるから覚えとけよ」

「バッチリ応戦します。カイエ、やりますよね？　金井さんに伝えてもいいですよね？」

「……ああ」

呆れたような顔つきで、だけど凪原はどこか清々《すがすが》しい笑みを浮かべている。

「礼なんか言わないからな」

「それでこそ俺の憧れの凪原さんです」

そこにちょうど看護師が入ってきて、「凪原さん、お薬の時間ですよ」と言うので、陽斗たちはいったん辞去することにした。

「また来ますね」

「今度は差し入れ、なにがいい？」

「ひつじくんはねー、りんごか、すいか！」

「梨《なし》がいいです」

断固として主張を曲げない凪原に、みんなして笑い声を上げた。夏の終わりの爽やかな風が病室の白いカーテンをゆるく揺らしていた。

その向こうには、綺麗な青空が見える。終わりかけの夏空は、すぐそこまでやってきている秋を呼んでいる。

健《すこ》やかに伸びていく秋を。


「惚れ直したよきみには。男気があって勇敢だ」

その晩、ひつじカフェでお好み焼き大会を開いた。お洒落なカフェでお好み焼きなんてオツだ。ホットプレートをテーブルに出し、賢一郎がまぜたタネを陽斗が焼く。ひつじくんもやりたがったので、スプーンに盛ったタネを焼いてもらった。

「それほどじゃ……。ただ、いまの俺にはまだ主役は早いかなって思っていたところだったし、トワロにも愛着があるし。……なーんて格好付けたけど、まあほんとうは棚ぼたで主役できないかなって思ってたこともあった」

本音を漏らし、焼きたてのお好み焼きを頬張る。

「あっつ、ん……でも美味しい！　キャベツ大好きなんだ」

「俺も。ひつじ、ソースで頬がべたべただ」

「ん、あ、んんん」

子ども用のフォークであぐあぐ食べているひつじくんは適当な返事をしてお好み焼きにかぶりついている。それから、はあ、と一息ついて、ソースまみれの顔で笑いかけてきた。

「ねえねえ、はるちゃん、おしばいのひ、ひつじくんもよんでくれる？」

「呼ぶ呼ぶ」

陽斗は大きく頷き、ひつじくんの顔をティッシュペーパーで拭ってやる。なんだか子育てに参加させてもらった気分だ。

ひつじくんはきゃっきゃ笑いながら抱きついてきて、「あーん」と口を開けるので、切り分けたお好み焼きを放り込んであげた。

「美味しい？」

「おいしい～」

「俺は呼んでくれる？」

「当然、呼ぶに決まってるってば。……賢一郎さんが観てると思ったら上がってとちるかもしれないけど」

「ふふ、心のアルバムに焼き付けよう」

「なぎちゃんのけがなおったら、みんなでおこのみやきしよう？」

「いいね、誘おう誘おう。きっと来てくれるよ」

　取り巻きをぞろぞろ連れてきたら、それはそれで歓待してしまえばいい。パーティにしてしまえばいい。いつか、わだかまりも少しずつ溶けていって、皆で一つの舞台を創れれば。

　見て見ぬふりをして過ごすこともできるけれど、そんな怠惰《たいだ》な生き方は自分には似合わない。当たって砕けろの精神がやっぱりいい。

　どこまでもポジティブにできてるなと苦笑していると、もう傍らのひつじくんは眠たそうにしている。

「ひつじくん、歯を磨いて寝る？」

「ん……ねえ、はるちゃん、きょうもとまってってって……」

「今日も？」

「あした、あさ、いっしょにごはんたべたい……」

そう言って瞼を擦るひつじくんに、賢一郎は笑う。

「ひつじの頼みじゃ断れないよな。ほら、おいでひつじ、二階で歯を磨こう」

「じゃ、俺は後片付けしちゃうね」

「ごめんね。頼むよ」

ひつじくんをだっこして二階に上がっていく賢一郎を見送り、陽斗は笑顔で皿やホットプレートを片付ける。お好み焼きは下ごしらえに結構手間がかかるのだが、皿類はあまり使わないので後片付けが楽ちんだ。

賢一郎と自分のためにほうじ茶を淹れようとケトルを火にかけていると、トントンと階段を下りてくる音がする。

「お疲れ様、ほうじ茶？」

「うん、飲むよね？」

「もちろん」

二人でカウンターに並んで腰掛け、ふうふうと冷ましつつほうじ茶を飲む。冷房が効いた店内にいることが多いせいか、わりと温かいものを好むようになった。

「夜は冷えたものを飲むより、温かいほうがいいんだよ。安眠できるしね」

「確かにそうかも。夏だからって冷たいものばっかだと内臓が冷えちゃうって前にテレビで観たことある」

陽斗は頷き、ややあってから自分から賢一郎に寄りかかった。

「今日は、……ありがとう。付き合ってくれて。俺一人じゃちょっと心細かったから嬉しかった」

「いやいや、大好きなきみの役に立てたなら光栄だよ」

「ねえ、それ」

マグカップを脇にどけて、陽斗は彼のほうに身を乗り出す。

「その、大好きって、……ほんとうに？」

「え？」

賢一郎はきょとんとしている。

「俺と賢一郎さん、何度かその、……ちょっといろいろしてるけど、まだ最後まで結ばれてないから……いまだったら引き返せるよ。なかったことにできるよ。あれは冗談、みたいな」

「陽斗くんは冗談のほうがいいのか？」

からかいめいた瞳に陽斗は焚《た》き付けられ、ごくりと息を呑んでから思い切ってくちびるをぶつけた。

勢いがありすぎて、前歯ががちっとぶつかるような無骨なキスだ。だけど、いまの自分にはこれが精一杯。

「ご、ごめん、でも、……俺は冗談にしたくない。だって……賢一郎さんが……」

「俺は陽斗くんがずっと好きだったよ。最初から好きで好きで、いつか襲いそうだった」

言葉を奪い取った賢一郎が陽斗の頬を撫で、それから首筋にやわらかく噛み付いてくる。

「あ……」

「これが俺の気持ち。きみを食い尽くしたくて仕方がない。陽斗くんもそう思ってくれてるってこと？」

「……うん。そう」

顔中真っ赤にして、陽斗はこくんと頷く。

「本気で、あなたが好き。ひつじくんも大好きだよ。このひつじカフェが大好きだよ。賢一郎さんの――特別にしてほしい」

「言ってくれるじゃないか。きみは、まだ若くて、いままで以上にきっと人気者になる。今度の舞台に出たら絶対にね。でも……」

髪をやさしく梳いてくれる賢一郎が耳元で甘く囁いてきた。

「それじゃ、いま以上にきみが人気者になる前に俺が頂いちゃおうかな」

「頂いちゃって、ください」

いたずらっぽく笑う賢一郎が頤《おとがい》をつまんでくる。熱い呼気を感じて、陽斗はうっとりと瞼を閉じた。

ずっとずっとこの瞬間を待っていた。

胸を鷲掴みにされるような恋に落ちる一時《ひととき》を。

賢一郎だけのものになる夜を。

「二階に行こうか。秘密の部屋がある」

くすりと賢一郎が笑いかけてきた。


「ん……っ」

秘密の部屋は、ひつじくんがすうすう眠る寝室の斜め向かいにあった。将来的にひつじくん用の部屋にするらしく、いまはシンプルなベッドが置かれているだけだ。

「たまに独り寝のトレーニングで俺がこっちに寝ることがあるんだ」

オフホワイトの壁に明るいベージュの板張りの床。ブラウンのベッド。カーテンは目にやさしいグリーン。

それだけなのだが、やたら淫靡《いんび》だ。さっきから賢一郎に抱き締められて、ちゅくちゅくとキスを繰り返しているせいだろうか。

「シャ、シャワーとかは……」

「今日はこのままのきみを味わいたい。全部舐めさせてくれ」

全部、って……と顔が痛いほどに赤くなる。ここも、あそこも？　と思い浮かべると頭がパンクしそうだ。

「前からちょっと訊いてみたかったんだけど、陽斗くんはもしかして誰とも寝たことが……ない？」

つまりは、童貞か、と問われているも同然だ。

ここで虚勢を張って「まさか」と鼻で笑うこともできたが、ベッドに並んで座り、くちびるの脇にキスをされている状態では、嘘もつけない。

「……そう。だめ？」

「だめなわけがないだろう。俺がどれだけ嬉しいかきみにわかるか？　絶対にやさしくする。気持ちよくするから安心して身を任せて」

「ん……お願い、します……」

その呟きが可笑しかったのか、賢一郎はまた首筋に嚙み付いてくる。今度は強めに犬歯を食い込ませてきて、うずうずと揺する。そうすると肌の深いところにまで歯が食い込んできて、ほんとうにヴァンパイアに噛み付かれたかのようだ。

「……あなただったら、いいな」

身体を擦り寄せ、陽斗は呟く。

「俺の血を……奪う？」

「それもいいな。じゃ、最初はここ」

陽斗をやさしくベッドに横たえ、賢一郎はTシャツをまくり上げる。剝き出しになった胸は膨らみなどなく、ただ平らかなのにひどく恥ずかしい。それというのも、緊張しているせいか、すでに乳首がぷつんと尖っているからだ。

「なにか期待してる？」

「……っそんな、の、べつに」

強がりを口にしてみるけれど、最初からきつめにじゅっと吸われて、つい声を上げてしまった。

「——あっ……！」

いけない、ひつじくんを起こしたらいけない。慌てて口を両手で塞ぎ、声を殺す。

「大丈夫だよ。ひつじは夜は一度寝たらなにがあっても朝まで起きない子だから」

「で、も、……っや、ぁ、っあ、あ、ん、んーっ……」

賢一郎は乳首を親指とひと差し指でよじり、根元からピンと勃たせると、きつきつと噛んできた。甘噛みがやけに気持ちよくて、ヒートアップしてしまう。

とくに、根元を舌先でツンとつつかれて先端を噛まれるのがたまらない。そのあとちゅうちゅうと吸われると、そこからなにか甘いものが滲み出そうな錯覚に陥る。

「いい……や、だ、そこ、いい……」

「どっち?」

「ん、ん、……いい」

涙声で答えれば賢一郎は満足そうに喉奥で笑って、乳首を吸いながら、もう片方の乳首を指で揉み込む。ぐっぐっと押し潰される心地好さが心臓の奥まで貫きそうだ。

そのまま賢一郎は顔をずらし、臍《へそ》や脇腹も舐め回し、ゆっくりとジーンズのボタンを外してジッパーを開いていく。

途端にびくっと跳ねる感覚があって、かあっと頬が火照った。

「感じてくれてるんだ。嬉しいよ」

「だって……っ、そこ、あ……っ!」

ペニスを下着越しに揉まれて、腰が弾んでしまう。もう、とっくに硬くなっているみたいだ。

「さすが、若いな。ガチガチだ」

「言わな……っ」

ボクサーパンツの縁をずり下ろされ、やだ、やだ、とごねているうちに裸にされていく。びくんと脈打つペニスも、とろりと零《こぼ》れる愛蜜も全部見られてしまって羞恥の極みだ。

「全部舐めてあげる」

「う、……んっ……ぁあぁ……っ」

きつく反り返るペニスの根元を指で摑まれて、ゆっくりと頰張られた。賢一郎の温かい口の中に挿れてもらえる恥ずかしさと喜びに悶え、舌先で割れ目を擦られるなり、突然の絶頂感に呑み込まれた。

「だめ、だって、お願い、離して、あ、っ、も、おねがい、イっちゃ……う……っ！」

ひくん、と喉を反らし、陽斗は我慢できずに熱を放った。どくどくっと精路を焼き尽くすような蜜がほとばしり、賢一郎の口腔内を満たしていく。

「やだ、お願い、飲まないで、だめ、だってば……ねえ……ほんと……」

「だーめ。ちゃんと味わわせてくれ」

腰をしっかり摑まれて咥えられてしまえば、これ以上抗うわけにもいかない。最後の一滴まで飲み尽くされて、ちゅうっと甘く、きつく、割れ目を舌先で抉《えぐ》られる。

「……やっぱり陽斗のこれ、美味しいな」

「……賢一郎さんの変態」

「それはそれは褒め言葉」

いつの間にか名前を呼び捨てにされていることに胸が甘く疼く。彼のほうが一回り上で、いつも丁寧だったから、呼び捨てにされるのはとても嬉しい。彼の中に取り込んでもらえた気がするから。

「ローションがあればいいんだけど……そうだ、ハンドクリームはどうかな。水仕事で使うからどこにでも置いてるんだ」

独り言のように呟き、賢一郎はベッドヘッドから平たい青の缶を手にする。中のクリームを指ですくい取り、「これを、きみのここに」と言って、大きく開かせた太腿《ふともも》の最奥に塗り込んでいく。

「……ッ」

男同士でセックスするとなったら、やはりそこを使うのだ。漠然とした知識はあったが、まさか自分の身体で経験することになろうとは。

でも、嫌じゃない。むしろ、賢一郎が初めての交わりを気遣ってくれるのが嬉しいから、自分もできるだけ協力したい。

「俺、どう……すればいい？」

「力を抜いて。できるだけ。ん……きついけど、指は挿《はい》るかな？」

クリームでなめらかになった指が腿の内側を引っかき、だんだん中心へと近づいていく。そうして、ちいさな窄《すぼ》まりにたどり着くと、ねじるように刺し込んできた。

「ん……っ、ぅ……」

「痛い？」

「……くない、……ちょっと、くるしい、……だけ。すぐ、慣れるから……」

「無理しないで。ゆっくりやろう」

最初はひと差し指。くねりながら挿し込んできて、入り口付近をきゅっと擦る。むずがゆいような甘みがじわっと拡がり、陽斗から余分な力を奪っていく。

「は――……」

声に、密かな快感が忍び込んでいる。そのことが自分でもわかるぐらいなのだから、賢一郎はもっとだろう。

指がだんだんと奥へ侵入してきて、根元まで埋まると、そこでぐりっと上壁を擦り始めた。

「あっ、……あっ！　や、そこ、っ……ぁあっ、むずむず、する……っ」

「もしかしたらここが前立腺のあたりかな？　男はここを弄られるとたまらなくいいらしいってネットで学んだ」

「どんな勉強……っ、んんっ、あ、ん、擦ったら……」

だめ、と言う前にぐしゅぐしゅと擦られて、陽斗は必死に口を塞いで快感に身悶えた。

なんだこれは。初めての経験なのに、気持ちよすぎておかしくなりそうだ。中は熱く火照り、肉襞が蕩けそうだ。ねっとりと賢一郎の指に絡みついてしまっているのが申し訳なくて、恥ずかしい。

でも、止まれない。

「やだぁ……っそこばかり、弄ったら……っ」

「またイきそう？」

「ん……ッ」

そうなのだ。怖いぐらいに感じていて、初めて中を探られているのに、また熱がペニスに集中している。さっき、達したばかりなのに。

「いいよ、何度でもイって。陽斗のイき顔、癖になる」

「ばか……っ！」

しゃくり上げながら詰っても迫力に欠ける。指は二本から三本へと増え、クリームを足して中を滑らかにする。

なんとか隘路《あいろ》を拡げると、賢一郎は起き上がり、手早く衣服を脱ぐ。

斜めに強く張り出した鎖骨、逞しい胸、そして引き締まった腰に——視線を落として、陽斗は真っ赤になった。

彼のそこも臍につくほどそそり勃ち、根元は相変わらず濃く黒々とした硬めの陰毛で覆われている。自分と同じ男に抱かれるのだとはっきり意識したのはその時かもしれない。

不思議なほど嫌悪感はなく、ただただ期待と一匙の恐れがあった。こんなに大きなものを迎え入れたら、もう二度とあとには戻れず、何度も求めてしまうようになる。

空洞のようになった自分のそこに賢一郎を誘い込みたくて、はしたないほどの媚態を示すようになるだろう。そんな恐れ。

「いまから俺はきみを抱く」

宣言する低い声に聞き入り、陽斗はこくこくと頷いた。先走りで濡れた怒張がゆっくりと窄まりにあてがわれ、時間をかけて埋め込まれていく。

「……ん……っ……けん、い、ちろう……さ……っ」

もう、声にならない。ピンで留められた蝶《ちょう》のように四肢を固定された陽斗は太く強いもので身体の中心を穿《うが》たれ、上体をのけぞらせる。

「あ…あ…っあぁ…っ」

息遣いが浅くなるほどに賢一郎が深く挿入してきて、中程まで埋め込まれたあたりでいったん止まり、「きつい？」と訊かれた。

「っ、たりまえ……！　あなたの、おおきく、て、——あ……っあ……奥、届いちゃう……」

それまでの穏やかさが嘘だったかのようにずんっと強く貫かれて、最奥にぐりぐりっと亀頭を擦り付けられた。その動きで火が点き、陽斗自身もたどたどしく腰を振る。

「や、んっ、んんっ、揺さぶったら、だめだってば……っ」

「自分から腰振ってるんだぞ。最初のセックスなのにやらしい子だな、陽斗は」

「だって、あ……っもぉ……！」

中で小刻みに揺すられると、さっき指で愛撫されたところに当たる。そこに熱溜まりができてしまうみたいで怖い。

いつも欲しがってしまうようになる、きっと。絶対に。

「なんか、――きちゃう、ね、ね、なに、これ、なに――？」

「中でイけるのかな？　もしかして」

「あっ、あっ、お願い、お願い、もぉ、だめ、だめ……っ！」

瞬く間に身体中が熱を帯び、震え出す。骨の芯から蕩けるような絶頂が再び襲いかかってきて、陽斗は賢一郎に刺し貫かれながらどくんと身体を波打たせた。また、ペニスがぴゅくっと弾けてたっぷりと白濁を吐き出す。

このままばかになってしまいそうだ。それもいい、なんて思うようになったのは賢一郎の虜になったせいか。

「あ……あ……」

「じゃ、今度はこうしよう」

力が入らない陽斗を抱き起こし、賢一郎は膝の上に乗せる。

そして、下からズクズクと挿し込んできて、首筋を舐め上げ、噛む。

「いいな、この形。噛みながら突いてあげられる」

「賢一郎……さん……」

泣きじゃくっているのに、感じすぎてどうにもできない。こんなに泣いたら明日目が腫《は》れる。

明日だって稽古があるのに。でも、きっと迫真の演技でカイエを思うトワロをやれるに違いない。そう思って賢一郎にぎゅっとしがみつき、二人して揺れ出す。

リズムが合うようで合わないところがまたいい。互いにいいところを探しながら昇り詰めていけるなんて。

「陽斗の胸、真っ赤だ。俺がもっと可愛がったら大きくなるかも」

「……う、そんなにしたら……目立つし、銭湯行けなくなる……」

「じゃ、俺が両手でうしろから隠してあげる」

「ばか……」

甘ったるい言葉を交わしながら賢一郎に突かれて、またも陽斗の身体は昂ぶっていく。

熱はいくらでも身体の奥のほうから生まれるみたいで、底が見えない。でも、それでいい。初めて大好きになったひととの初めてのセックスだ。

我を忘れるぐらいがちょうどいい。

「好き、大好き、大好き賢一郎さん……大好きだよ」

「俺なんか陽斗を愛しすぎて壊しそうだよ」

抱き締め合いながらキスし、根元まで埋め込まれたところで陽斗が喘ぐと、賢一郎がたまらないように呻く。

「イきそうだ……中に出していい？」

「いい、イって、俺の中で——イって」

もう彼以外なにも見えない。無我夢中でくちびるを押し付け、強く腰を遣われながら陽斗はどこまでも声を甘くする。その果てに、賢一郎が首筋にきつく嚙み付いてきた。

「陽斗……っ」

「んん、イく、イく、ああ、っあ、っあ、あ……！」

我慢して我慢して、とうとう弾けていく時に、ぐうっと首筋を嚙まれながら中へと強く射精された。

どっと撃ち込まれる熱いしずくは危険なほどで。自分がもしも女性だったら孕んでしまいそうだ。

到底飲みきれない量を出されて、すぐに尻の狭間から精液が零れ出す。勿体なくて内腿をきゅうっと締めると、賢一郎が眉をひそめて笑う。

「いまそれをやられると、もっと嚙みたくなる」

「あ……」

無意識のうちに締め付けてしまったことに赤くなり、でも、だけど、離れがたくて賢一郎の首にしがみついた。

「気持ち……よかった……最初からこんなの、ずるい……」

「ずるい？　なんで？」

「もう他のひとと……絶対できない」

「当然。そうなるようにしたしね」

言って、賢一郎は陽斗の両頰を摑んでちゅっと音を立ててくちづけてきた。

「陽斗は永遠に俺のもの。俺のこともそう思ってくれる？」

「当たり前。——誰にも渡さないから」

はにかみながら微笑んで、陽斗は賢一郎の膝の上でにじり寄る。

中で感じる彼の塊が、むくりと跳ねた。

「……うそ。賢一郎さん、もしかして、……もう?」

「うん。俺の理性壊れたかも」

「……はは」

大人であるはずの賢一郎の言葉に笑ってしまい、陽斗は頬擦りをする。自分だって、同じ気持ちだ。

だから、甘い声で誘うのだ。生まれて初めての本気の誘惑を、賢一郎相手に。

「続き……しよ?」

「お望みどおりに」

それからまた、揺れていく。

汗ばんだ肌が溶け合うまで。

窓の外が白み始めるまで。

我を忘れて、絶え間ないキスを互いの身体中に残すのだ。


秋が深まる頃、舞台は無事に初日を迎えることになった。

幸いにもカイエ役の凪原の怪我の経過は良好で、顔の傷は目立たず、舞台当日はギプスだけで済むことになった。そこで、主宰兼脚本の金井は、カイエの左腕が生まれつき動かないという設定にし、マントで覆いつつ、右手だけでさまざまな仕草をするようにとアドバイスした。おかげで、カイエはハンデを背負ったヴァンパイアという複雑なキャラクターになり、より挑みがいがある役になったと周囲からも賞賛の声が上がった。

それもこれも、辛抱してリハビリに取り組んだ凪原の信念の強さ故だろう。

もちろん、親友のトワロ役の陽斗も負けていない。カイエが影なら、自分は光だ。眩しいほどの光でカイエを愛し、守り、そして添い遂げていくという役を演じきるために全力投球した。厳しい稽古のせいで、体重が三キロ減ったぐらいだ。

そのぶん、ひつじカフェで毎日美味しくごはんを頂いている。

「お疲れ様、皆さん。差し入れにサンドイッチを持ってきました」

夕刻の控え室に、賢一郎とひつじくんが顔を出してくれた。稽古中から賢一郎は積極的に差し入れをしてくれ、団員たちとも親しくなった。

ひつじくんなんかまるでアイドルだ。みんなに交互に抱き上げられ、にこにこしている。

「きょう、おしばい？　みんなでるの？」

「出る。俺が一番格好いいから目を離すなよ、ちび」

「もう！　ひつじくんだよ！」

「ちーび」

ひつじくんの頭をつつく凪原は左腕をマントで隠しつつ、片頬で微笑む。ちびちびと言いながら、結構ひつじくんの相手をしてくれている凪原の本性はやさしいのだろう。そんなことに気づけたのもよかった。

皆、メイクも衣装への着替えも終え、いざ本番を迎えるばかりだ。クーラーバッグから取り出された華やかなサンドイッチの包みを楽しそうに眺めつつ、それぞれ舞台の袖へと向かう。

「じゃ、お先に」

右手を振って、凪原が控え室を出ていく。残されたのは、ひつじくんと賢一郎と陽斗だ。

貴族的な白いフリルシャツに茶色のパンツというシンプルな装いの陽斗だが、メイクのせいか、少し妖艶だ。

「……色っぽいな。噛みたくなるだろ」

「いまは我慢して。あとで一杯。……ね？」

大きな犬をあやす気分で陽斗は笑いかけ、ひつじくんの目線までしゃがみ込む。

「ひつじくん、俺のことを観ていて。覚えていてね。頑張るから」

「はるちゃんは、いつもがんばってるよ」

幼くて、まっすぐな声に不覚にも涙が滲む。

そうだずっと、頑張ってきた。そして、ここまでやってきた。

だけど、本番はこれからだ。今日から一週間、芝居が始まる。そこで描かれるのは壊れそうなほどの強い愛と友情と悲劇。

トワロという気立てのいい役を陽斗は全うしたいと思っている。そこには愛があるから、嘘偽りなく演じたい。

ひつじくんと、賢一郎のためにも。

立ち上がると、ひつじくんが膝にぐりぐりと顔を押し付けてきたので、やさしく頭を撫でた。

「行っておいで、俺とひつじは客席で見守ってる。精一杯やっておいで」

「……うん」

しっかりと賢一郎と抱き締め合い、軽くくちづけて微笑む。

「無事に今日の舞台がはねたら、ミーティングのあとでもいいからうちにおいで。美味しいパフェを用意して待ってる」

「了解！」

元気よく返して、陽斗はもう一度背伸びをして賢一郎に甘くくちづけた。

瞼を閉じて、まるで、この世にたった一つしかないロマンティックな芝居の最後を飾るかのように。
この恋の幕は、まだ上がったばかりだ。

ひつじくんのはつこい

CROSS NOVELS

「ちび、今日はおまえが店番か」

「ちびじゃないってばぁ、ひつじくん。はい、なぎちゃん、お、お……お、お、……みず」

「あっぶな。もっとゆっくり歩いてこい」

慌てて手を突き出す凪原《なぎはら》に、ほっとした顔のひつじくんが両手で持ったグラスをそっと渡す。それをハラハラしながら向かいの席で見守っていた陽斗《はると》も安堵して微笑み、「よくできたね。ひつじくん」と褒める。さっき稽古から戻ってきたばかりなので、パーカにジーンズというラフな格好だ。

「グラスのお水、全然零れなかった」

「ね！　じょうずになったよね！」

嬉しそうに笑って、ピンクのフリースジャケットに暖かそうな色合いのズボンを穿いたひつじくんは、シンプルな紺のVネックニットにジーンズというスタイルの凪原の隣に腰掛ける。そしてまだ床に届かない足をぶらぶらさせながら凪原に寄りかかり、「なぎちゃん、きょうなにたべるの？」と訊く。

「まだ決めてない」

「じゃあね、ぱんけーき！　おいしいよぱんけーき。けんちゃんにつくってもらうね」

いま座ったかと思ったらタッと駆け出すひつじくんの襟首《えりくび》を捕まえたいが、それより先に笑い出してしまう。

「けんちゃーん、なぎちゃんがね、ぱんけーきたべたいって！」

「……誰も言ってないだろが」

「ふふ、凪原さん、すっかりひつじくんのお気に入りですね」

凪原を主演にした芝居が無事に千秋楽を迎えてから一週間後の夜。ぎくしゃくしていた凪原との仲も少しずつ改善されていき、最近ではたまにこうして稽古後にひつじカフェに顔を出してくれるようにまでなった。

十一月半ばの窓の外はもう真っ暗で、冬に一歩ずつ近づいていっているのを実感する。

クールな美貌の持ち主である凪原に近づくのは容易ではなかったが、この変化は陽斗にとっても嬉しい。

そして、もっと喜んでいるのがひつじくんだ。出会った時からひつじくんは凪原が好きらしく、彼が怪我をして入院している最中もしょっちゅう見舞いに行きたがったぐらいだ。

元気すぎる三歳の男児について回られる人気俳優の心境はどんなものだろう。

カウンターの中で賢一郎《けんいちろう》が作るパンケーキの甘くいい香りを胸一杯に吸い込みながら、陽斗は身を乗り出す。

「近頃、よく来てくれますよね。ひつじカフェ、気に入りました？」

「べつに。他の店よりうるさくないっていう程度だ」

「でも、ひつじくんのこと、凪原さんも結構可愛がってますよね」

「は？」

怪訝《けげん》そうな顔で言われたが、それぐらいではめげないのが自分のいいところだと陽斗は胸を張る。

「だってひつじくんが隣にいる時の凪原さん、ちょっとやさしい顔してますもん」

「俺は鬼かよ」

「おになの⁉　なぎちゃん、おになの⁉」

「なっ、なんだよちび！」

鬼、という言葉を聞きつけるなりひつじくんが駆けてきて凪原にがしっと抱きつく。

「ひつじくんもね、ほいくえんでおにやったんだ」

「……鬼？」

「おしばいでね、おにやったの。はるちゃんにいろいろおしえてもらったんだよ」

無邪気に笑いかけるひつじくんに負けたのか。はぁ、と深くため息をついて、凪原は鼻を鳴らしながら陽斗に向けて顎をしゃくる。

「話、ちゃんと整理しろ」

「ごめんごめん、俺から話すよ。その前に、パンケーキをどうぞ。美味しいシロップとバターもたっぷり」

「夜にカロリー取るとニキビができるんだけど……」

そうは言っても、カフェエプロン姿の賢一郎が運んできてくれた皿から立ち上る香りに、凪原もそわそわしている。

「ねえ、おいしいよ？　たべて」

ひつじくんが懸命にアピールするので、凪原は仕方なさそうな顔でフォークとナイフを手にする。ふわふわ厚めのパンケーキを切り分け、一口食べて「……ん」と目を瞠った。

「美味しいでしょ」

「まあ……それなりに」

ひねくれている凪原にしては破格の褒め言葉だ。たぶん、その声音で凪原の本意を感じ取ったのだろう、ひつじくんは蕩けるように微笑み、ずっと年上の男に身体を擦り寄せている。

「なんか妬けるなぁ。最近のひつじくん、俺より凪原さんが好き？」

「なんで？　はるちゃんのこと、だいすきだよ」

きょとんとした顔が食べちゃいたいぐらい可愛い。でも、ほんとうに凪原のどこがそんなに気に入ったのだろう。顔を合わせた最初から素っ気ないし、子どもに対してとくにやさしいわけでもない。賢一郎のほうがずっと甘やかしてくれると思うのだが。

その疑問は、賢一郎にもあったようだ。陽斗の隣に腰を下ろし、テーブル越しにひつじくんの額をつつく。

「ひつじの本命は俺じゃなかったのか？」

「えっ、俺じゃないの？」

陽斗が慌てて言うと、凪原が仕方なさそうに笑い出す。

「なにアホなこと言ってんですか。こんなちびの本命とかなんだとかって」

「ほんめいってなに！」

「大大だだい、だーい好きなひとのこと」

賢一郎のやさしい声に、ひつじくんはえへへと恥ずかしそうに笑って両手で口元を覆う。

「だいすきなひと？　はるちゃんもけんちゃんもだいすきー」

「おっ」

「おお」

「でもね！　ほんめいは、なぎちゃん！」

がっくりと肩が落ちた。いい大人二人が三歳の子に振り回されているのだとあらためて思うと可笑しいのだが。

「なんでー。なんでそこまで凪原さんなんだよー」

口を尖らせて陽斗が言えば、調子を合わせた賢一郎が腕組みをする。

「俺と陽斗と、凪原さんはどう違うんだ？」

それは結構難問ではないだろうか。大人でも答えに惑う気がする。

一瞬そう思ったが、ひつじくんはけろりとした顔で言った。

「なぎちゃん、きれいなんだもん」

「綺麗？　俺が？」

凪原が目を瞠り、ひつじくんをのぞき込む。

「おまえから見て俺は綺麗なのか」

「きれい～」

「は……」

「おふろやさんであったときから、なぎちゃんずっときれいだよね」

たった三歳なのにこんな爆弾発言をするとは。凪原も陽斗も賢一郎も啞然とし、直後に声を上げて笑ってしまった。

「ひつじくんは面食いだったんだ」

「俺が一番だと思ってたのになぁ……」

本気で残念そうな賢一郎が気の毒で笑えて仕方ない。

でも、もっとも面白いのは凪原だ。幼い子どもに綺麗だと臆面もなく褒められて、にこにこされて、さすがにどういう顔をしていいかわからないらしい。

「……ちびのくせに生意気だ」

「ひつじくんだよ」

「俺が綺麗なのは生まれつきなんだよ」

「ちびじゃないよ。ひつじくんだよ」

嚙み付くように凪原が言えば、辛抱強く受け止めるひつじくんがいて、なんだかもうこのまま舞台に二人を上げてしまいたいぐらいのコメディ展開に、賢一郎と腹がよじれるほど笑ってしまった。

「なぎちゃん、きれいっていわれるの、やなの？」

ちょっと困った顔のひつじくんに訊かれて、凪原はため息をついている。

「嫌じゃない。死ぬほど言われてるし、自分でも綺麗なことはわかってる。でも、こういうのっていま一瞬だぞ」

「いま、いっしゅん……」

「ずっとは続かないってことだ。俺だっていつかしわくちゃのじいちゃんになって、綺麗でもなんでもなくなる」

どこか達観したような言葉に聞き入った。凪原が舞台人として映えるのは、なにも見た目が優れているというだけではない。器の賞味期限を本人が一番よく知っているからこその、ドライな思考なのだろう。

凪原は強い。芯がしっかりしている。だから、ブレない。その強靱《きようじん》さが役に反映されていくのだ。そういうところが陽斗はまだまだだから、憧憬《しようけい》のまなざしを向けた。

「でも……なぎちゃん、おじいちゃんになってもぜったいきれいだよ」

確信を持って言うひつじくんもなかなか頑固だ。

「どんなおじいちゃんよりもきらきらしてるよ、きっと。ひつじくんがやくそくするから」

「はぁ？　おまえが俺の老後の面倒を見るのかよ」

ちょっと難しい質問に、ひつじくんはきらっと目を光らせ、こくんと頷く。

「おじいちゃんになっても、なぎちゃん、ひつじくんといっしょにいてくれる？」

「えっ？」

「なんだなんだ、ひつじ、プロポーズか？」

予想だにしていなかった展開に賢一郎と顔を見合わせた。再び噴き出しそうで、互いに肩が揺れてしまう。

一人しかめ面をしている凪原が深く深く息を吐き、「おまえな……」と呟いて、忌々《いまいま》しそうに残りのパンケーキを口に押し込んだ。

「俺とおまえ、いくつ違うと思ってるんだ。俺はいま二十七歳だ。ちび、いくつだ」

「みっつ。ひつじくんはみっつ」

「二十四歳も離れていてどうすんだよ」

「……なぎちゃん……」

ぽつりとこぼしたひつじくんは、そのままことんと凪原の膝に頭を落とした。ここで膝枕をすることになるとは思っていなかったらしい凪原は仰天した顔で、ひつじくんを払いのけるふうでもない。ただただびっくりしている。

「なぎちゃん、ひつじくんのことすきっていって」

「お、おまえ」

「すきっていわないとやだ」

くっそ、と凪原がぼやき、髪をぐしゃぐしゃとかき回す。

ついでにひつじくんの巻き毛も乱暴にかき回し、「……嫌いだ」と言う。

「え」

「の、反対」

「……え？」

大人の引っかけにひつじくんは目をぱちぱちさせている。様子を見守っていた陽斗は堪えきれずに笑い出し、「あのね」とテーブルに肘をつく。

「凪原さんは、ひつじくんが好きなんだって。大好きなんだって。ですよね？」

「だってきらいって……」

「嫌いだこんなちび」

……の反対だけどさ。

ちいさく付け足して、凪原はそっぽを向く。その耳がうっすらと赤い。

今度はちゃんと正しい意味がひつじくんにも伝わったみたいだ。ぱあっと顔を輝かせ、凪原の膝に顔をぐりぐり押し付けて、「あたま、なでて？」とせがんでいる。

「なぎちゃん、あたまー」

「はいはいわかったわかった」

まるで仔犬にするみたいにくしゃくしゃっと髪をかき回す凪原に、ひつじくんは笑い声を上げ、「もっとやさしくしてー」とおねだりしている。

素直でまっすぐなひつじくんに迫られたら、誰だって断れない。賢一郎も、陽斗も、凪原でさえも。

「そういやさっき保育園で鬼をやったとか言ってたな。どういう鬼だったんだ」

「みる？　みたい？　みたい？」

きゃっきゃっとはしゃぐひつじくんを見つめ、賢一郎と目配せした。皿を片付け、二人でこっそりキッチンのカウンター内に入る。

「なんだかんだ言って、仲よくなったよね。あの二人」

「ひつじの度胸のよさはよくよく知ってたつもりだったけど、すごいよなぁ。三歳で年上の男を翻弄《ほんろう》してるぞ」

「もしかしたら、十年後……十五年後には、ひつじくん、本気で凪原さんにプロポーズしてるかもしれないよ。『あの時の約束忘れてないよね？』って」

「ひつじが十八歳になったら、凪原さんは四十二歳……か？　いいな、夢がある」

「さすが俺の賢一郎さん。理解がある」

目と目を合わせて肩をぶつけ、そっとひつじくんたちの様子を窺ってから素早くくちびるを重ねた。

ほんの少しだけ、一瞬だけ。

熱というよりも穏やかな温もりを分け合うようなやさしいキスに、陽斗はうっとりと瞼を閉じる。

「あの二人には内緒で、続きはまたあとで、な」

「期待してる」

それから、もう一度くちびるを近づけた時。

視線を感じてちらりと向こうを見ると、肩を竦めた凪原がひつじくんの両頬を骨張った手で挟んでむにむにに揉んでいる。

——さっさとしろ。

そんなふうに言われた気がして、陽斗はちいさく笑って背伸びをした。賢一郎もやっぱり微笑み、腰に手を回してくる。

甘い甘いキスは、せっかくだから長めに楽しんでおこう。

あとがき

はじめまして、またはこんにちは、秀香穂里《しゅうかおり》です。

ちびっこの季節がやってきたよ〜！　というわけで、天使をｙｏｓｈｉ先生に描いていただきました。もうもう、表紙からしてめちゃめちゃ愛おしくありませんか……!?　私はイラストを頂いた瞬間にスマホとPCの待ち受けにしました。ワーイってなってるひつじくんのうしろで、いたずらなキスをするふたりもめっちゃ可愛いですよね。

お礼と諸々が混在する今回のあとがきですが、お許しください。今年の夏がとてもとても暑くて、テンションがコントロールできず、毎日爆発しそうになっているのです。夏大好き。海大好き。でも日焼けをしたくなかったのに今年もこんがり小麦色になりました……。

ひつじくんが小麦色になったら美味しそうです。パンケーキみたいで陽斗《はると》も賢一郎《けんいちろう》も思わずはむっとその丸々した腕にかぶりついてそうです。そんな三人をうしろからじーっと見守っている凪原《なぎはら》。

なぎちゃんとひつじくんの話も考えています。十八歳になるまでひつじくんはなぎちゃん一筋で、誕生日になった瞬間に……というような展開を考えてニコニコしています。

おとなしくていじらしい子も大々大好きなんですが、今回のひつじくんみたいに、元気で勇ましくて可愛い子も大好きです。良くも悪くも空気を読まなかったりして、そこが大人としては微笑ましかったりびっくりさせられたり。子どもってほんと可愛いな～と……。

そんなひつじくんを守るのは、大人の賢一郎と、まだまだ若い陽斗です。陽斗は新人役者という不安定な立場ながらも、無謀なまでの若さを武器にして、とにかくまっすぐまっすぐ進んでいく感じが書いていて楽しかったです。きっとその眩しさに賢一郎も惚れちゃったんだろうなと。こころが折れてもそれを隠さず、悲しいことは悲しいと打ち明け、寂しいときはちゃんと身体を擦り寄せることを陽斗も知っている気がします。なので、陽斗はどっちかっていうとひつじくん寄りなのかも？　賢一郎から見たら、子どもがふたりできてわくわくしちゃうのかもしれませんね。

この本を出していただくにあたり、お世話になった方にお礼を申し上げます。

挿画を手がけてくださったｙｏｓｈｉ先生。ご多忙な中、なんとも可愛らしくてカラフルでハッピーな表紙、そしてイラストの数々を手がけてく

あとがき

ださり、こころから感謝しております。どれも大事なものばかりなのですが、とりわけ、鬼を演じるひつじくんを見守る陽斗が大好きです！　あれはもう可愛いの塊でした……。また、ご一緒できますことを願っております。重ね重ね、ありがとうございました。

担当様、今回もギリギリまでお手数をおかけしましたが、無事に本を出せそうでほっとしています。今後ともよろしくお願いいたします。

そして、この本を手に取ってくださった方へ。お手に取ってくださり、ありがとうございました。私の文章はともかく、ｙｏｓｈｉ先生のしあわせなイラストにこころを奪われちゃってくれたらもうそれで最高にハッピーです。天使は正義。また可愛いお話を書けるように、精進していきますね。

それではまた、どこかで元気にお目にかかれますように。

秀　香穂里

CROSS NOVELSをお買い上げいただき
ありがとうございます。
この本を読んだご意見・ご感想をお寄せください。
〒110-8625
東京都台東区東上野2-8-7　笠倉出版社
CROSS NOVELS 編集部
「秀 香穂里先生」係／「yoshi先生」係

CROSS NOVELS

溺愛カフェとひつじくん

著者
秀 香穂里

2018年 9月23日　初版発行　検印廃止

発行者　笠倉伸夫
発行所　株式会社　笠倉出版社
〒110-8625　東京都台東区東上野2-8-7　笠倉ビル
[営業]TEL　0120-984-164
FAX　03-4355-1109
[編集]TEL　03-4355-1103
FAX　03-5846-3493
http://www.kasakura.co.jp/
振替口座　00130-9-75686
印刷　株式会社　光邦
装丁　磯部亜希
ISBN　978-4-7730-8895-3
Printed in Japan